金瓶梅詞話
萬曆本
八

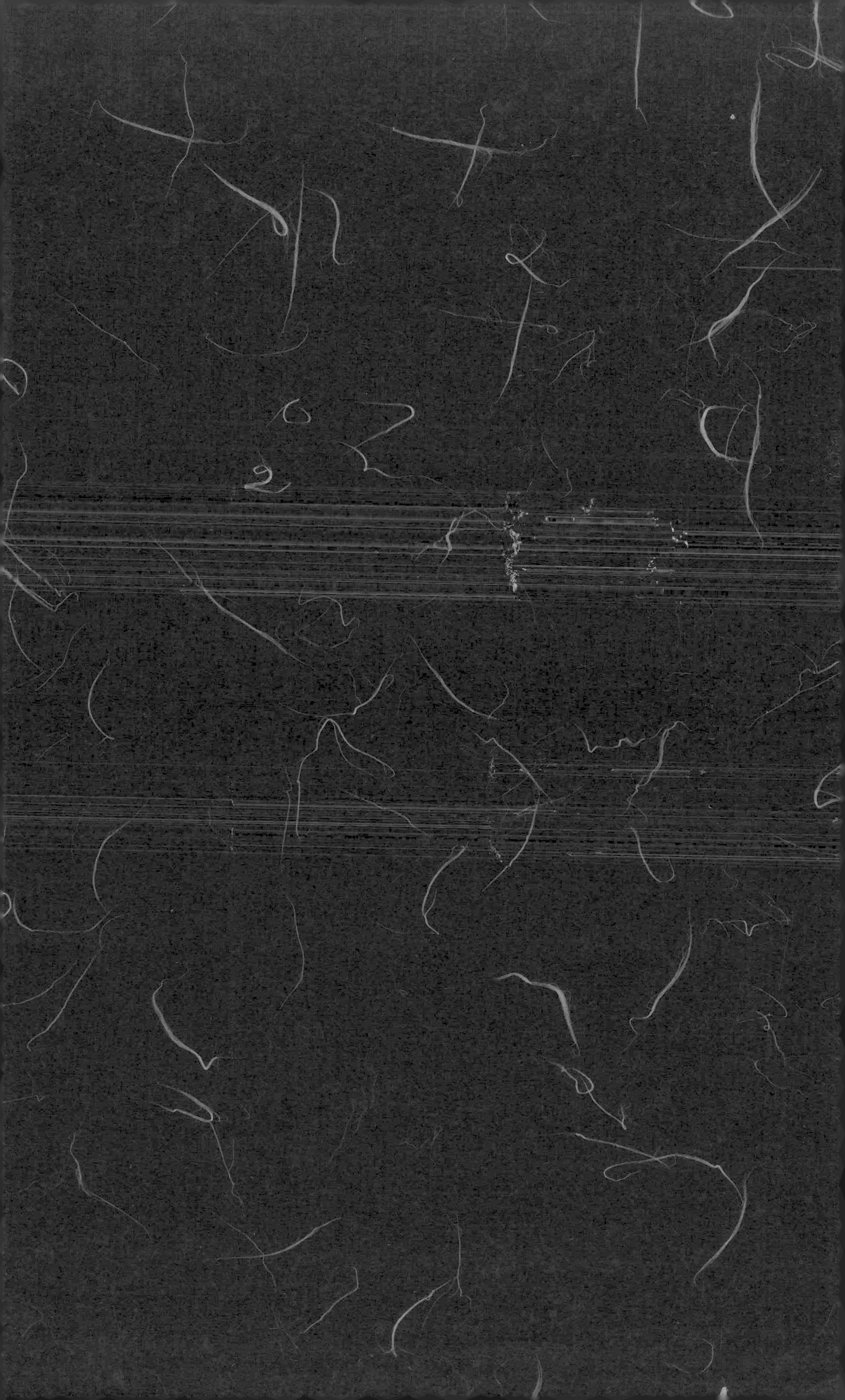

金瓶梅
第三十七回
馮媽媽說嫁韓愛姐

西門慶包占王六兒

第三十七回

馮媽媽說嫁韓氏女　西門慶包占王六兒

吳舩輕舸更遲遲　別酒重斟惜醉攜
滄海侵愁光蕩漾　亂山那恨色高低
君馳蕙楫情何極　我恣蘭干日向西
咫尺烟波幾多地　不須懷抱重淒淒。

話說西門慶打發蔡狀元。安進士去了。一日騎馬帶眼紗在街上。喝道而過。撞見馮媽媽。便教小廝叫住問他。爹說問你尋的那女子。怎樣的。如何不往宅裡回話去。那婆子兩步走到跟前。說這幾日。我雖是看了幾個女子。都是賣肉的。挑担兒的。怎好回你老人家話。不想天使其便。眼跟前一個人家女兒就想不起來。十分人材。屬馬兒的。交新年十五歲。若不是老婆子。昨日打他門首過。他娘在門首。請進我吃茶。我不得看見他哩。纔爭起頭兒。沒多幾日。戴着雲髻兒。好不筆管兒般直縷的身子兒。纏得兩隻脚兒。一些些。搽的濃濃的臉兒。又一點小小嘴兒。鬼精靈兒是的。他娘說他是五月端午養的。小名叫做愛姐。休說俺每愛。就是你老人家見了。也愛的。不知怎麼樣的了。西門慶道。你看這風媽媽子。我平白要他做什麼。家裡放着好少兒。實對你說了罷。此是東京蔡太師老爺府裡。大管家翟爹。要做二房。圖生長。托我替他尋。你若與他成了。管情不虧你。因問道是誰家的女子。問他討個庚帖兒來我瞧。馮媽媽道。誰家的。我教你老人家知道了罷。遠不一千。近只在一磚。不是別人。是你家開、絨線的。韓夥計的女孩兒。你老人家。要相看。等我和他老子說。討了帖兒來約會下個日子。你只顧去就是了。西門慶分付道。既如此這般。就和他說。他若肯了。討了帖兒來。宅内回我話。那婆子應諾去了。兩日西門慶正在前廳坐的。忽見馮媽媽來回話。拏了帖兒與西門慶瞧。上寫着韓氏女命。年十五歲。五月初五日子時生。便道我把你老人家的話。對他老子說了。既是大爹可怜見。孩兒也是有造化的。姐只是家寒。沒辦備的。西門慶道。你對他說。不費他一絲兒東西。凡一應衣服首飾粧奩廂櫃等件。都是我這里替他辦備。還與他二十兩財禮。教他家止備女孩兒的鞋脚就是了。臨期還叫他老子。送他往東京去。比不的與他做房裡人。翟管家。要圖他生長。做娘子。難得他女兒生下一男半女也不愁個大富貴馮媽媽問道他那里請問你老人家幾時過去相看好預備西門慶道既是他應允了我明日就過去看看罷他那里再三有書來要的急就對他說休教他預備什麼我只吃鍾清茶就起身馮媽媽道爺爺你老人家上門兒怪人家就是雖不稀罕他的也畧坐坐兒夥計家莫不空教你老人家來了西門慶道你就不是了你不知我有事馮媽媽道既是恁的等我和他說一面先到韓道國家對他渾家王六兒一五一十說了一遍宅內老爹看了你家孩子的帖兒甚喜不盡說來不教你這里費一絲兒東西一應粧奩陪送都是宅內管還與你二十兩銀子財禮只教你家與孩兒做些生活鞋脚兒就是了到明日還教你官兒送到那里難得你家姐

姐一年半載有了喜事你一家子都是造化的了不愁個大富貴明日他老人家衙門中散了就過來相看教你一些兒休預備他也不坐只吃一鍾茶看了就起身王六兒道真個媽媽子休要說謊馮媽媽道你當家不恁的說我來哄你不成他好少事兒家中人來人去通不斷頭的婦人聽言安排了些酒食與婆子吃了打發去了明日早來伺候到晚韓道國來家婦人與他商議已定早起往高井上叫了一担甜水買了些好細菓仁放在家中還往舖子裡做買賣去了丟下老婆在家艷粧濃抹打扮的喬模喬樣洗手剔甲揩抹盃盞乾淨剝下菓仁頓下好茶等候西門慶來馮媽媽先來攛掇西門慶衙門中散了到家換了便衣靖巾騎馬帶眼紗玳安琴童兩個跟隨逕來韓道國

家下馬進去。馮媽媽連忙請入裏面坐了。良久。王六兒引着女兒愛姐。出來拜見。這西門慶。且不看他女兒。不轉睛只看婦人。見他上穿着紫綾襖兒玄色段紅比甲。玉色裙子。下邊顯着趫趫的兩隻脚兒。穿着老鴉段子。羊皮金雲頭鞋兒。生的長跳身材。紫膛色。瓜子臉。描的水鬢長長的。正是。未知就里何如。先看他粧色油樣。但見

淹淹潤潤。不搽脂粉。自然體態妖嬈。嫋嫋娉娉。懶染鉛華。生定精神秀麗。兩彎眉畫遠山。一對眼如秋水。檀口輕開。勾引得狂蜂蝶亂。纖腰拘束。暗帶着月意風情。若非偷期崔氏女。定然聞瑟卓文君。

西門慶見見。心搖目蕩。不能定止。口中不說。心內暗道。原來韓

道國有這一個婦人在家，怪不的前日那些人鬼混他。又見他女孩兒生的一表人物，暗道：他娘母兒生的這般模樣，女兒有個不好的？婦人先拜見了，教他女兒愛姐轉過來，望上向西門慶花枝招颭，綉帶飄飄，也磕了四個頭，起來侍立在旁。老媽連忙拏茶上來，婦人取來，抹去盞上水漬，令他去遞上。西門慶把眼上下觀看這個女子：烏雲疊鬢，粉黛盈腮，意態幽花酴麗，肥膚嫩玉生香。便令玳安氊包內取出錦帕二方，金戒指四個，白銀二十兩，教老媽安放在茶盤內。他娘忙將戒指帶在女兒手上，朝上拜謝，回房去了。西門慶對婦人說：遲兩日接你女孩兒往宅裡去，與他裁衣服，這些銀子，你家中替他做些鞋脚兒。婦人連忙又磕下頭去，謝道：俺每頭頂脚踏，都是大爹的，孩子的事又教大爹費心俺兩口兒就殺身也難報虧了大爹又多謝爹的插帶厚禮西門慶問道韓夥計不在家了婦人道他早辰說了話就往鋪子裡走了明日教他往宅裡與爹磕頭去西門慶見婦人說話乖覺一口一聲只是爹長爹短就把心來惑動了臨出門上覆他我去哩婦人道再坐坐西門慶道不坐了于是竟出門一直來家把上項告吳月娘說了月娘道也是千里姻緣着線穿既是韓夥計這女孩兒好也是俺每費心一場西門慶道明日接他來住兩日兒好與他裁衣服我如今先拏十兩銀替他打半副頭面簪鐶之類月娘道及緊攢做去正好後日教他老子送去咱這里不着人去罷了西門慶道把鋪子關兩日也罷還着來保同去就府內問聲前日差去節級送蔡駙

馬的禮到也不曾話休饒舌過了兩日西門慶果然使小廝接韓家女兒他娘王氏買了禮親送他來進門與月娘大小衆人磕頭拜見道生受說道蒙大爹大娘并衆娘每擡舉孩兒這等費心俺兩口兒知感不盡先在月娘房擺茶然後明間內管待李嬌兒孟玉樓潘金蓮李瓶兒都陪坐西門慶與他買了兩疋紅綠潞紬兩疋綿紬和他做裏衣兒又叫了趙裁來替他做兩套織金紗段衣服一件大紅粧花段子袍兒他娘王六兒安撫了女兒晚夕回家去了西門慶又替他買了半嫁粧描金箱籠鑑粧鏡架盒罐銅錫盆淨桶火架等件非止一日都治辦完備寫了一封書信擇定九月初十日起身西門慶問縣裡討了四名快手又撥了兩名排軍執袋弓箭隨身來保韓道國雇了四

乘頭口。緊緊保定車輛煖轎。送上東京去了不題。丟的王六兒在家。前出後空。整哭了兩三日。一日西門慶無事騎馬來獅子街房里觀看。馮媽媽來遞茶。西門慶與了一兩銀子。說道前日韓夥計孩子的事累你。這一兩銀子。你買布穿。婆子連忙磕頭。謝了。西門慶又問你這兩日。沒到他那邊走走。馮媽媽道。老身那一日沒到他那里做伴兒坐。他自從女兒去了。本等他家裡沒人。他娘毋靠慣了他整哭了兩三日。這兩日纔訉下些兒來了。他又說孩子事多累了爹。問我爹曾與了你些辛苦錢兒沒有。我便說他老人事忙。我連日宅裡也沒曾去。隨他老人家多少與我些兒。我敢爭。他也許我等他官兒回來。重重謝我哩。西門慶道他老子回來。已定有些東西。少不的謝你。說了一回話兒左右無人。悄悄在婆子耳邊。如此這般。你閑了。到他那里取巧兒和他說。就說我上覆他閑中我要他那里坐半日。看他意何如。肯也不肯。我明日還來討回話。那婆子掩口冷冷笑道。你老人家。坐家的女兒偷皮匠。逢着的就上。一鍬撅了個銀娃娃。還要尋他娘母兒哩。夜晚些等老身慢慢皮着臉對他說。爹你還不知這婦人。他是咱後街宰牲口王屠的妹子。排行叫六姐。屬蛇的。二十九歲了。雖是打扮的喬樣。倒沒見他輸身。你老人家。明日准來。等我問他。討個話來回你。西門慶道。是了。說畢騎馬來家。婆子打發西門慶出門。做飯吃了。鎖了房門。慢慢來到牛皮巷婦人家。婦人開門。便讓進裏邊房里坐。道我昨日下了些麵。等你來吃。就不來了。婆子道。我可知要來哩。到人家便就有許多事掛住了腿子。動不得身。婦人道。剛纔做的熱騰騰的飯兒。炒麵觔兒。你吃些。婆子道。老身纔吃的飯來。呼些茶罷。那婦人。便濃濃點了一盞茶。遞與他。看着婦人吃了飯。婦人道。你看我恁苦。有我那冤家。靠定了他。自從他去了。弄的這屋裡空落落的。件件的都看了我。弄的我鼻兒烏。嘴兒黑。相個人模樣。倒不如他死了。扯斷腸子罷了。似這般遠離家鄉去了。你教我這心。怎麽放的下來。急切要見他。見也不能勾。說着眼駿駿的哭了。婆子道。說不得。自古養兒人家熱騰騰的。養女兒家冷清清。就是長一百歲。少不得也是人家的。你如今這等抱怨。到明日你家姐姐。到府裡腳硬。生下一男半女。你兩口子受用。就不說我老身了。婦人道。大人家的營生。三層大。兩層小。知道怎樣的。

等他的長俊了我每不知在那里晒牙揸骨去了婆子道怎的恁般的說你每姐姐比那個不聰明伶俐愁針指女工不會各人裙帶衣食你替他愁兩個一遞一口說勾良久看看說得入港婆子道我每說個傻話兒你家官兒不在前後去的恁空落落的你晚夕一個人兒不害怕麼婦人道你還說哩都是你弄得我肯晚夕來和我做做伴兒婆子道只怕我一時來不到我保舉箇人兒來與你做伴兒你肯不肯婦人問是誰婆子掩口笑道一客不煩二主宅里大老爹昨日到那邊房子里如此這般對我說見孩子去了丟的你冷落他要來和你坐半日兒你怎麼說這里無人你若與凹上了愁沒吃的穿的使的用的走上了時到明日房子也替你尋得一所強如在這僻格剌子里

婦人聽了微笑說道他宅里神道相似的幾房娘子他肯要俺這醜貨兒婆子道你怎的這般說自古道情人眼內出西施一來也是你緣法湊巧爹他好閑人兒不留心在你時他昨日巴巴的肯到我房子裡說又與了一兩銀子說前日孩子的事累我落後沒人在根前話就和我說教我來對你說你若肯時他還等我回話去典田賣地你兩家願意我莫非說謊不成婦人道既是下顧明日請他過來奴這里等候這婆子見他吐了口兒坐了一回千恩萬謝去了到次日西門慶來到一五一十把婦人話告訴一遍西門慶不勝欣喜忙秤了一兩銀子與馮媽媽拏去治辦酒菜那婦人聽見西門慶來收拾房中乾淨薰香設帳預備下好茶好水不一時婆子拏篮子買了許多雞魚嗄

飯菜蔬菓品來廚下替他安排端正婦人洗手剔甲又烙了一筯麵餅明間內揩抹卓椅光鮮西門慶約下午時分便衣小帽帶着眼紗玳安棋童兩個小厮跟隨逕到門首下馬進去分付把馬回到獅子街房子裡去晚上來接止留玳安一人答應西門慶到明間內坐下良久婦人扮的齊齊整整出來拜見說道前日打攪孩子又累爹費心一言難盡西門慶道一時不到處你兩口兒休抱怨婦人道一家兒莫大之恩豈有抱怨之理磕了四個頭馮媽媽拏上茶來婦人遞了茶見馬回去了玳安把大門關了婦人陪坐一回讓進裏坐房正面紙門兒廂的炕床掛着四扇各樣顏色綾叚剪貼的張生遇鶯鶯蜂花香的弔屏兒上卓鑑粧鏡架盒礶錫器家活堆滿地下插着棒兒香上面

設着一張東坡椅兒西門慶坐下婦人又濃濃點一盞胡桃夾鹽筍泡茶遞上去西門慶吃了婦人接了盞在下邊炕沿兒上陪坐問了回家中長短西門慶見婦人自己拏托盤兒說道你這里還要個孩子使纔好婦人道不瞞爹說自從俺家女兒去了凡事不方便那時有他在家如今少不的奴自己動手西門慶道這個不打緊明日教老馮替你看個十三四歲的丫頭子且胡亂替替手脚婦人道也得俺家的來少不得東輧西湊的央馮媽媽尋一個孩子使西門慶道也不消該多少銀子等我與他那婦人道怎好又費煩你老人家自恁累你老人家還少哩西門慶見他會說話心中甚喜一面馮媽媽進來安放卓兒西門慶就對他說尋使女一節馮媽媽道爹既是許了你拜謝

拜謝兒南首趙嫂兒家有個十三歲的孩子我明月領來與你看也是一個小人家的親養的孩兒來他老子是個巡捕的軍因倒死了馬少樁頭銀子怕守備那里打把孩子賣了只要四兩銀子教爹替你買下罷婦人連忙向前道了萬福不一時擺下案碟菜蔬篩上酒來婦人滿斟一盞雙手遞與西門慶纔待磕下頭去西門慶連忙用手拉起說頭里巴是見過不消又下禮了只拜拜便了婦人笑吟吟道了萬福旁邊一個小杌兒上坐下廚下老媽將嗄飯菓菜一一送上又是兩筋軟餅婦人用手揀肉絲細菜兒褁捲了用小碟兒托了遞與西門慶吃兩個在房中盃來盞去做一處飲酒玳安在廚房裡老馮陪他是有坐處打發他吃不在話下彼此飲勾數巡婦人把座兒挪近西

門慶根前與他做一處說話遞菜兒然後西門慶與婦人一遞一口兒吃酒見無人進來摟過脖子來親嘴咂舌婦人便舒手下邊籠揝西門慶玉莖彼此淫心蕩漾把酒停住不吃了掩上房門褪去衣褲婦人就在裏邊炕床上伸開被褥那時已是日色平西時分西門慶乘着酒興順袋內取出銀托子來使上婦人用手打弄見奢稜跳腦紫强光鮮沉甸甸甚是粗大一壁坐在西門慶懷裡一面在上兩個且摟着脖子親嘴婦人乃蹺起一足以手導那話入牝中兩個挺一回西門慶摸見婦人柔膩牝毛踈秀意欲交接令婦人仰卧于床背把雙枕以手雙足置之于腰眼間肆行抽送怎見的這場雲雨但見

威風迷翠榻殺氣瑣鴛衾珊瑚枕上施雄翡翠帳中鬬勇男

見忿怒挺身連刺黑纓鎗女帥生嗔拍膀着搓追命劍一來一往祿山會合太真妃一撞一衝君瑞追陪崔氏女左右迎湊天河織女遇牛郎上下盤旋仙洞嬌姿逢阮肇鎗來牌架崔郎相共薛瓊瓊砲打刀迎雙漸迸連蘇小小一個鶯聲嚦嚦猶如武則天遇敖曹一個燕喘吁吁好似審在逢呂雉初戰時知鎗亂刺利劍徵迎次後來雙砲齊攻膀牌夾湊男兒氣急使鎗只去扎心窩女帥心忙開口要來吞腦袋一個使雙砲的往來攻打內襠兵一個輪膀牌的上下夾迎臍下將一個金雞獨立高蹺玉腿弄精神一個枯樹盤根倒入翎花來刺牝戰良久朦朧星眼但動些兒麻上來鬪多時款擺纖腰再戰百愁挨不去散毛洞主倒上橋放水去淹軍烏甲將

軍、虛點鎗。側身逃命走。胯膏落馬。須臾蹂踏肉爲泥。溫緊粧呆塡刻跌翻深澗底。大披掛。七零八斷。猶如急雨打殘花。錦套頭、力盡觔輸。恰似猛風飄敗葉。硫黃元帥。盔歪甲散走無門。銀甲將軍。守住老營還要命。正是愁雲托上九重天。一塊敗兵連地滾。

原來婦人有一件毛病。但凡交姤。只要教漢子幹他後庭花。在下邊揉着、心子纔過。不然。隨問怎的。不得丟身子。就是韓道國。與他相合。倒是後邊去的多。前邊一月、走不的兩三遭兒。第二件、積年好咂髭髩。把髭髩兒常遠放在口裏、一夜他也無個足處隨問怎的出了題、禁不得他吮嘥挑弄。登時就起。自這兩椿兒可在西門慶心坎上。當日和他纏到起更。纔囘家、婦人和西門慶說。爹到明日再來早些白日裏。咱破工夫。脫了衣裳。好生耍耍。西門慶大喜。到次日。到了獅子街線舖里。就兌了四兩銀子。與馮媽媽。討了丫頭使喚。改名叫做錦兒。西門慶想着這個甜頭兒。過了兩日。又騎馬來婦人家行走。原是棋童玳安兩個跟隨。到了門首。就分付棋童。把馬回到獅子街房里去。那馮媽媽。專一替他提壺打酒。街上買東西。整理。通小慇懃兒。圖些油菜養口。西門慶來一遭。與婦人一二兩銀子盤纏。白日裡來。直到起更時分。纔家去。瞞的家中鉄桶相似。馮媽媽每日在婦人這里打勤勞兒。往宅里也去的少了。李瓶兒使小厮叫了他兩三遍。只是不得閑。要便鎖着門去了。一日。一日小厮畫童兒撞見婆子來家。李瓶兒說道。媽媽子成日影兒不見。幹的什麼貓兒頭差事。叫一遍只是不在。通不來這里走走兒。忙的你恁樣兒的。丟下好些衣裳帶孩子被褥。等你來幇着。丫頭每折洗折洗。再不見來了。婆子道。我的奶奶。你倒說的且是好。寫字的拏逃軍。我如今一身故事兒哩。賣盐的做雕鑾匠。我是那鹹人兒。李瓶兒道。媽媽子。你做了石佛寺裡長老。請着你就是不閑。成日撰的錢。不知在那里。婆子道。老身大風刮了頰耳去了。嘴也趕不上。在這里。撰什麼錢。你惱我。可知心裡急急的要來。再轉不到這里來。我也不知成日斡的什麼事兒哩。後邊大娘從那時與了銀子。教我門外頭替他稍個拜佛的蒲甸兒來。我只要忘了。昨日甫能想。賣蒲甸的賊蠻奴才又去了。我怎的回他。李瓶兒道。你還敢說沒有他甸兒。你就信信拖拖。跟了和尚去了罷了他與了你銀子這一向還不替他買將來你這等裝憨打呆的婆子道等我沒也對大娘說去就交與他這銀子去昨日騎騾子差些兒沒弔了他的李瓶兒道等你弔了他的你死也這媽媽一直來到後邊未曾入月娘房先走在廚下打探子兒只見玉簫和來興兒媳婦坐在一處見了說道老馮來了貴人你在那里來你六娘要把你肉也嚼下來說影邊兒就不來了那婆子走到跟前拜了兩拜說道我纔到他前頭來乞他聒聒了這一回來了玉簫道娘問你替他稍的蒲甸兒怎樣的婆子道昨日拏銀子到門外賣蒲甸的賣了家去了直到明年三月裡纔來哩銀子我還拏在這里姐你收了罷玉簫笑道怪媽媽子你爹還在屋里兌銀子等出去了你還親交與他罷又道你且

坐的我問你韓夥計送他女兒去了多少時了也待將來這一回來你就造化了他還謝你謝見婆子道謝不謝隨他了他連今纔去了八日也得盡頭纔得來家不一時西門慶兌出銀子與賁四拏了庄子上去就出去了婆子走在上房見了月娘也沒敢拏出銀子來只說蠻子有幾個粗甸子都賣沒了回家明年稍雙料好蒲甸來月娘是誠實的人說道也罷銀子你還收着到明年我只問你要兩個就是了與婆子幾個茶食吃了後來到李瓶兒房里來瓶兒因問你大娘沒罵你婆子道被我如此支吾調的他喜歡了倒與我些茶吃賞了我兩大餅定出來了李瓶兒道還是昨日他往喬大戶家吃滿月的餅定媽媽子不虧你這片嘴頭子六月裡蚊子也釘死了又道你今日與我

洗衣服不去罷了婆子道你收拾討下菜我明日蚤來罷後晌時分還要往一個熟主顧人家幹些勾當見李瓶兒道你這老貨偏有這些胡枝扯葉的得你明日不來我與你答話那婆子說笑了一回脫身走了李瓶兒留他你吃了飯去婆子道還飽着哩不吃罷恐怕西門慶往王六兒家去兩步做一步正是媒人婆地里小鬼兩頭來回抹油嘴一日走勾千千步只是苦了兩隻腿畢竟未知後來如何且聽下回分解

第三十八回

王六兒棒槌打搗鬼

潘金蓮雪夜弄琵琶

第三十八回

西門慶夾打二搗鬼　潘金蓮雪夜弄琵琶

麗質溫柔更老成　玉壺明月適人情
輕回玉臉花含媚　淺蹙蛾眉雲髻鬆
勾引蜂狂桃蕋綻　潛牽蝶亂柳腰新
令人心地常相憶　莫學章臺贈淡情

話說馮婆子。走到前廳角門首。看見玳安在廳槅子前。拏着茶盤兒伺候。玳安望着馮媽媽。掀嘴兒。你老人家先往那里去。俺爹和應二爹說話哩。說了話。打發去了。就起身。先使棋童兒送酒去了。那婆子聽見。兩步做一步。走的去了。原來應伯爵來。說攬頭李智黃四。派了年例。三萬香蠟等料。錢糧下來。該一萬兩銀子。也有許多利息。上完了批。就在東平府。見關銀子。來和你計較。做不做。西門慶道。我那里做他攬頭。以假充真。買官讓官。我衙門里搭了事件。還要動他。我做他怎的。伯爵道。哥若不做。教他另搭別人。在你借二千兩銀子與他。每月五分行利。教他關了銀子。還你。你心下如何。計較定了。我對他說。教他兩個明日拏文書來。西門慶道。既是你的分上。我挪一千銀子與他罷。如今我庄子收拾。還沒銀子哩。伯爵見西門慶吐了口兒。說道。哥若十分沒銀子。看怎麼再撥五百兩銀子貨物兒。湊個千五兒與他罷。他不敢少下你的。西門慶道。他少下我的。我有法兒處。又一件。應二哥。銀子便與他。只不教他打着我的旗兒。在外邉東騙西騙。我打聽出來。只怕我衙門監里。放不下他。伯爵道。哥。

說的什麼話典守者不得辭其責他若在外邊打哥的旗兒常沒事罷了若壞了事要我做什麼哥你只顧放心但有差遲我就來對哥說說定了我明日教他好寫文書西門慶道明日不教他來我有勾當教他後日來說畢伯爵去了西門慶教琜安伺候馬帶上眼紗問棋童去沒有琜安道來了取挽手兒去了不一時取了挽手兒來打發西門慶上馬逕往牛皮巷來不想韓道國兄弟韓二搗鬼耍錢輸了吃的光睜睜兒的走來哥家問王六兒討酒吃袖子里掏出一條小腸兒來說道嫂我哥還沒來哩我和你吃壺燒酒那婦人恐怕西門慶來又見老馮在廚下不去兜攬他說道我是不吃你要吃拏過一邊吃去我那里耐煩你哥不在家招是招非的又來做什麼那韓二搗鬼把

眼兒涎瞪着又不去看見卓底下一罈白泥頭酒貼着紅紙帖兒問道嫂子是那里酒打開篩壺來俺每吃耶樂你自受用婦人道你趂早兒休動是宅里老爹送來的你哥還沒見哩等他來家有便倒一甌子與你吃韓二道等什麼哥就是皇帝爺的我也吃一鍾兒纔待搬泥頭被婦人劈手一推奪過酒來提到屋裡去了把二搗鬼仰八叉推了一交半日扒起來惱羞變成口裡喃喃吶吶罵道賊淫婦我好意帶將兒來見你獨自一個冷落落和你吃盃酒你不理我倒推我一交我教你不要慌你另叙上了有錢的漢子不理我了要把我打開故意的連我罵我訕我又趂我休教我撞見我教你這不值錢的淫婦白刀子進去紅刀子出來婦人見他的話不防頭一點紅從耳畔起須

臾紫膛了雙腮便取棒槌在手趕着打出來罵道賊餓不死的殺才倒了你那里咻醉了來老娘這里撒野火兒老娘手裡饒你不過那二搗鬼口裡喇喇哩哩罵淫婦直罵出門去不想西門慶正騎馬來見了他問是誰婦人道情知是誰是韓二那廝見他哥不在家要便耍錢輸了吃了酒來毆我有他哥在家常時撞見打一頓那二搗鬼一溜跑了西門慶又道這少死的花子等我明日到衙門裡與他做功德婦人道又教爹惹惱西門慶道你不知休要慣了他婦人道爹說的是自古良善被人欺慈悲生患害一面讓西門慶明間內坐西門慶分付棋童回馬家去叫玳安兒你在門首看但掉着那光棍的影兒就與我鎖在這里明日帶衙門裡來玳安道他的魂兒聽見爹到了不知

走的那里去了。西門慶坐下。婦人見畢禮。連忙屋裡叫丫鬟錦兒拏了一盞菓仁茶出來。與西門慶吃。就叫他磕頭。西門慶道。也罷。倒好個孩子。你且將就使着罷。又道老馮在這里。怎的不替你拏茶。婦人道。馮媽媽。他老人家。我央及他廚下。使着手哩。西門慶又道。頭里我使小厮。送來的那酒。是個內臣送我的竹葉清酒。哩裡頭有許多藥味。甚是峻利。我前日見你這里打的酒。道吃不上口。我所以拏的這罈酒來。婦人又道了萬福。說多謝爹的酒。正是這般說。俺每不爭氣。住在這僻巷子里。又沒個好酒店。那里得上樣的酒來吃。只往大街上取去。西門慶道。等韓夥計來家。你和他計較。等子獅子街那里。替你破幾兩銀子。買下房子。等你兩口子。亦發搬到那里住去罷。鋪子里又近。買

東西、諸事方便。婦人道、爹說的是、看你老人家。怎的可憐見離
了這塊兒也好、就是你老人家行走。也免了許多小人口嘴、咱
行的正也不怕他、爹心裡要處自情處。他在家和不在家。一個
樣兒也少不的打這條路兒來。說一回。房里放下卓兒請西門
慶房裡。寬了衣服坐須臾安排酒菜上來。卓上無非是些雞鴨
魚肉嗄飯點心之類婦人陪定。把酒來斟不一時。兩個並肩疊
股而飲吃得酒濃時。兩個脫剝上床。交歡自在頑耍婦人早已
床炕上、鋪的厚厚的被褥、被裡薰的噴鼻香、西門慶見婦人好
風月。一徑要打動他、家中袖了一個錦包兒來。打開裏面銀托
子。相思套。硫黃圈。藥煑的白綾帶子。懸玉環。封臍膏。勉鈴。一弄
兒淫器。那婦人仰臥枕上玉腿高蹺口舌內吐西門慶先把勉

鈴。教婦人自放牝內。然後將銀托束其根。硫黃圈套其首。臍膏貼于臍上。婦人以手導入牝中。兩相迎湊。漸入大半。婦人呼道達達。我只怕你蹬的腿酸。拏過枕頭來。你墊着坐等我淫婦自家動罷。又道只怕你不自在。你把淫婦腿弔着合。你看好不好。西門慶眞個把他脚帶解下一條來。拴他一足。弔在床槅子上。低着拽拽的婦人牝中之津。如蝸之吐涎。綿綿不絕。又拽出好些白漿子來。西門慶問道。你如何流這些白。纔待要抹之。婦人道。你休抹。等我吮咂了罷。于是蹲跪他面前吮吞數次。嗚咂有聲。咂的西門慶淫心頓起。弔過身子。兩個幹後庭花。龜頭上有硫黃濡研難澁。婦人蹙眉。隱忍半晌。僅沒其稜。西門慶于是頗作抽巳而婦人用手摸之。漸入大半。把屁股坐在西門慶懷里。

回首流眄、作顫聲叫、達達、慢着些。往後越發粗大。教淫婦怎生挨忍。西門慶且扶起股、觀其出入之勢、因叫婦人小名王六兒、我的兒、你達、不知心里怎的。只好這一庄兒、不想今日遇你。正可我之意。我和你明日生死難開、婦人道、達達、只怕後來耍的絮煩了、把奴不理怎了。西門慶道、相交下來、纔見我不是這樣人、說話之間、兩個幹勾一頓飯時。西門慶令婦人沒高低淫聲浪語叫着、纔過婦人在下。一面用手舉股。承受其精、樂極情濃一泄如注。已而拽出那話來、帶着圈子、婦人還替他吮咂淨了。兩個方纔並頭交股而臥、正是一般滋味美。好耍後庭花、有詩為証。

美冤家。一心愛折後庭花。尋常只在門前里走。又被開路先

鋒。把住了。放在户中難禁受。轉絲韁勒回馬。親得勝。弄的我
身上麻。𨈇損了奴的粉臉。粉臉那丹霞。

西門慶與婦人。攜抱到二鼓時分。小厮馬來接。方纔起身回家。
到次日早衙門裡。差了兩個緝捕。把二搗鬼。拏到提刑院。只當
做掏摸土賊。不由分說。一夾二十。打的順腿流血。睡了一個月。
險不把命花了。往後嚇了影。再不敢上婦人門纏。提了。正是恨
小非君子。無毒不丈夫。遲了幾日。來保韓道國一行人東京回
來。備將前事。對西門慶說。翟管家見了女子。甚是歡喜。說費心。
留俺在府裡。住了兩日。討了回書。送了爹一匹青馬。封了韓夥
計女兒五十兩銀子禮錢。又與了小的二十兩盤纏。西門慶道
勾了。看了回書。書中無非是知感不盡之意。自此兩家都下眷

生名字。稱呼親家。不在話下。韓道國與西門慶磕頭拜謝回家。西門慶道。韓夥計。你還把你女兒這禮錢收去。也是你兩口兒恩養孩兒一場。韓道國再三不肯收。說道。蒙老爹厚恩。禮錢已是前日有了。這銀子。小人怎好又受得。從前累的老爹好少哩。西門慶道。你不依我。就惱了。你將回家。不要花了。我有個處。那韓道國。就磕頭謝了。拜辭回去。老婆見他漢子來家。滿心歡喜。一面接了行李。與他拂了塵土。問他長短。孩子到那里。好麼。這道國把往回一路的話。告訴一遍。說好人家。孩子到那里。就與了三間房。兩個丫鬟伏侍。衣服頭面是不消說。第二日。就領了後邊見了太太。翟管家甚是歡喜。留俺每住了兩日。酒飯連下人都吃不了。又與了五十兩禮錢。我再三推辭。大官人又不肯。

還教我拏回來了。因把銀子與婦人收了。婦人一塊石頭方落地。因和韓道國說。咱到明日。還得一兩銀子。謝老馮。你不在。虧他常來做伴兒。大官人那里也與了他一兩。正說着。只見丫頭過來遞茶。韓道國道。這個是那里大姐。婦人道。這個是咱新買的丫頭。名喚錦兒。過來與你爹磕頭。磕了頭。丫頭往廚下去了。老婆如此這般。把西門慶勾搭之事。告訴一遍。自從你去了。來行走了三四遭。纔使四兩銀子。買了這個丫頭。但來一遭帶一二兩銀子來。第二的不知高低。氣不憤。走這里放水。被他撞見了。拏到衙門里打了個臭死。至今再不敢來了。大官人見不方便。許了要替咱每大街上買一所房子。教咱搬到那里住去。韓道國道。嗔道他頭里不受這銀子。教我拏回來。休要花了。原來就是這些些話了。婦人道。這不是有了五十兩銀子。他到明日。一定與咱多添幾兩銀子。看所好房兒。也是我輸了身一場。且落他些些好供給穿戴。韓道國道。等我明日往鋪子裡去了。他若來時。你只推我不知道。休要怠慢了他。凡事奉他些兒。如今好容易撰錢。怎麼赶的這個道路。老婆笑道。賊強人倒路死的。你倒會吃自在飯兒。你還不知老娘怎樣受苦哩。兩個又笑了一回。打發他吃了晚飯。夫妻收拾歇下。到天明。韓道國宅裡討了鑰匙開鋪子去了。與了老馮一兩銀子。謝他。俱不必細說。一日西門慶同夏提刑衙門回來。夏提刑見西門慶騎着一匹高頭點子青馬。問道。長官那疋白馬怎的不騎。又換了這匹馬。到好一匹馬。不知口裡如何。西門慶道。那馬在家歇他兩日兒。這馬是昨日東京翟雲峯親家送來的。是西夏劉參將送他的。口裡纔四個牙兒。腳程緊慢。多有他的。只是有些毛病兒。快護槽踶蹬。初時着了路上走。把膘息跌了許多。這兩日纔吃的好些些兒了。夏提刑道。這馬甚是會行。只好長騎着每日蹀街道兒罷了。不可走遠了。他論起在咱這里。也值七八十兩銀子。我學生騎的那馬昨日又瘸了。今早來衙門裡來。旋拏帖兒問舍親借了這匹馬騎來了。甚是不方便。西門慶道。不打緊。長官沒馬。我家中還有一匹黃馬。送與長官罷。夏提刑舉手道。長官下顧。學生奉價過來。西門慶道。不須計較。學生到家。就差人送來。兩個走到西街口上。西門慶舉手分路來家。到家就使玳安把馬送去夏提刑。見了大喜。賞了玳安一兩銀子。與了回帖兒。說多上覆明日到衙門裡面謝過了兩月乃是十月中旬時分夏提刑家中做了些菊花酒叫了兩名小優兒請西門慶一敘以酬送馬之情西門慶家中吃了午飯理了些事務往夏提刑家飲酒原來夏提刑備辦一席齊整酒餚只爲西門慶一人而設見了他來不勝歡喜降堦迎接至廳上敘禮西門慶道如何長官這等費心夏提刑道今年寒家做了些菊花酒閒中屈執事一敘再不敢他客于是見畢禮數寬去衣服分賓主而坐茶罷着棋就席飲酒敘談兩個小優兒在旁彈唱正是得多少金尊進酒浮香蟻象板催箏唱鷓鴣不說西門慶在夏提刑家飲酒單表潘金蓮見西門慶許多時不進他房里來每日翡翠衾寒芙蓉帳冷那一日把角門兒開着在房內銀燈高點靠定幃屏彈弄琵琶

等到二三更。便使春梅瞧數次。不見動靜。正是銀箏夜久慇懃弄。寂寞空房不忍彈。取過琵琶橫在膝上。低低彈了個二犯江兒水。以遣其悶在床上和衣兒又睡不着。不免

悶把幃屏來靠。和衣强睡倒。

猛聽的房簷上。鉄馬兒一片聲响。只道西門慶來到。敲的門環兒响。連忙使春梅去瞧他。回頭娘錯了。是外邊風起落雪了。婦人于是彈唱道。

聽風聲嘹喨。雪洒窗寮。任氷花片片飄。

一回兒燈昏香盡。心里欲待去剔續。見西門慶不來。又意兒懶的動且了。唱道

懶把寶燈挑。慵將香篆燒。只是捱一日似三秋。盼一夜如半夏。捱過今宵怕到

明朝。細尋思。這煩惱何日是了。痛想負心賊當初說的話兒。心中由不的我傷情兒。想
起來今夜裡心兒內焦燥了我青春年少。誰想你弄的我三不歸。四捕兒着他
你撇的人有上梢來沒下梢。

且說西門慶約一更時分。從夏提刑家。吃了酒歸來。一路天氣
陰晦。空中半雨半雪下來。落在衣服上。多化了。不免打馬來家。
小廝打着燈籠。就不到後邊。逕往李瓶兒房來。李瓶兒迎着。一
面替他拂去身上雪霰。西門慶穿着青絨獅子補子。坐馬白綾
襖子。忠靖段巾。皂靴棕套。貂鼠風領。李瓶兒替他接了衣服。止
穿綾敞衣。坐在床上。就問哥兒睡了不曾。李瓶兒道。小官兒頑
了這回。方睡下了。西門慶分付叫孩兒睡罷。休要沉動着。只怕
諕醒他。迎春于是拏茶來吃了。李瓶兒問今日吃酒來的早。西

門慶道。夏龍溪還是前日因我送了他那匹馬。今日全爲我費心治了一席酒請我。又叫了兩個小優兒和他坐了這一回。見天氣下雪。來家早些。李瓶兒道。你吃酒。教丫頭篩酒來你吃。大雪裡來家。只怕冷哩。西門慶道。還有那葡萄酒。你篩來我吃。今日他家吃的。是自造的菊花酒。我嫌他歀香歀氣的。我沒大好生吃。于是迎春放下桌兒。就是幾碟醃雞兒嗄飯。細巧菓菜之類。李瓶兒拏杌兒在旁邊坐下。桌下放着一架小火盆兒。這里兩個吃酒。潘金蓮在那邊屋裡冷清清。獨自一個兒坐在床上。懷抱着琵琶。桌上燈昏燭暗。待要睡了。又恐怕西門慶一時來。待要不睡。又是那馳困。又是寒冷。不免除去冠兒。亂挽烏雲。把帳兒放下半邊來。擁衾而坐。正是倦倚綉床愁懶睡，低垂錦帳綉衾空。
早知薄倖輕拋棄，辜負奴家一片心。

又唱道：

懊恨薄情輕棄，離愁閒自惱。

又喚春梅過來：「你去外邊再瞧瞧，你爹來了沒有，快來回我話。」那春梅走去，良久回來，說道：「娘，還認爹沒來哩。爹來家，不耐煩了，在六娘屋里吃酒的。」不是這婦人不聽罷了，聽了如同心上戳上幾把刀子一般，罵了幾句負心賊，由不得撲簌簌眼中流下淚來。一逕把那琵琶兒放得高高的，口中又唱道：

論殺人好恕，情理難饒，負心的天鑒表。好教我題起來，又是那疼他，又是那恨他。

心痒痛難搔，愁懷悶自焦。叫了聲賊狠心的冤家，我比他何如？盐也是這般盐，醋也是這般醋。

磚兒能厚瓦兒能薄。你一旦棄舊憐新。讓了甜桃。去尋酸棗。不合今日教你哄了。奴將你這定盤星兒錯認了。合想起來。心兒里焦。悞了我青春年少。你撇的人。有上稍來沒下稍。

爲人莫作婦人身。百般苦樂由他人。

痴心老婆負心漢。悔莫當初錯認眞。

常記的當初相聚。痴心兒望到老。誰想今日他把心變了。奴來一旦輕拋不理。正如把那日被雲遮楚岫。水淬藍橋。打拆開鸞鳳走。到如今當面對語心隔千山隔着一堵墻咫尺不得相見。心遙路非遙。意散了。如鹽落水。如水落沙相似了。情蹤魚雁杳。空教我有情雖控訴。地厚天高。空教我無夢到陽臺。夢斷魂勞。俏寃家。這其間。心變了。合想起來。心兒裡焦。悞了我青春年少。你撇的人。有上稍來無下稍。

西門慶、正在房中。和李瓶兒吃酒。忽聽見這邊房里。彈的琵琶之聲、便問是誰彈琵琶。迎春答道。是五娘在那邊彈琵琶响。李瓶兒道。原來你五娘還沒睡哩。綉春你快去請你五娘來吃酒。你說俺娘請哩。那綉春去了。李瓶兒忙教迎春那邊安下個坐兒。放個鍾筯在面前。良久綉春走來說。五娘摘了頭。不來哩。李瓶兒道。迎春你再去請你五娘去。你說娘和爹請五娘哩。不多時。迎春來說。五娘把角門兒關了。說吹了燈。睡下了。西門慶道。休要信他小淫婦兒。等我和你。兩個拉他去。務要把他拉了來。咱和他下盤棋耍子。于是和李瓶兒同來。打他角門。打了半日。春梅把角門子開了。西門慶拉着李瓶兒進入他房中。只見婦人坐在帳上。琵琶放在傍邊。西門慶道。怪小淫婦兒。怎的兩三轉請着你不去。金蓮坐在床。紋絲兒不動。把臉兒沉着。半日說道。那沒時運的人兒。丟在這冷屋裡。隨我自生兒由活的。又來揪採我怎的。沒的空費了你這個心。留着別處使。西門慶道。怪奴才。八十歲媽媽沒牙。有那些唇說的。李大姐那邊請你。和他下盤棋兒。只顧等你不去了。李瓶兒道。姐姐可不怎的。我那屋里。擺下棋子了。咱每閑着。下一盤兒。賭杯酒吃。金蓮道。李大姐你每自去。我摘了頭。你不知我心里不耐煩。我如今睡也。比不的你每心寬閑散。我這兩日只有口遊氣兒。黃湯淡水。誰嘗着來。我成日睜着臉兒。過日子哩。西門慶道。怪奴才。你好好兒的。怎的不好。你若心內不自在。早對我說。我好請太醫來看你。金蓮道。你不信。教春梅拏過我的鏡子來。等我瞧。這兩日瘦的相

個人模樣哩。春梅把鏡子。眞個遞在婦人手裡。燈下觀看。正是

羞對菱花拭粉粧。爲郎憔瘦減容光。

閉門不顧閒風月。任您梅花自主張。

羞把菱花來照。娥眉懶去掃。暗消磨了精神。折損了丰標。瘦伶仃不甚好。

西門慶拏過鏡子。也照了照。說道。我怎麼不瘦。金蓮道。拏什麼比的你。每日碗酒塊肉。吃的肥胖胖的。專一只奈何人。被西門慶不由分說。一屁股挨着他坐在床上。摟過脖子來。就親了個嘴。舒手被里摸。見他還沒脫衣裳。兩隻手齊插在他腰里去。說道。我的兒。眞個瘦了些。金蓮道。怪行貨子。好冷手。氷的人慌。莫不我哄了你。不成。正是

香褪了海棠嬌。衣憁了楊柳腰。
說道我着香腮。拋下珠淚來。我的苦惱。誰人知道。眼淚打肚里
流罷了。
悶下無聊。攘攘勞勞。淚珠兒到今滴盡了。合想起來。心裡亂
焦。悞了我青春年少。撇的人來有上稍來落下稍。
亂了一回。西門慶還把他強死強活。拉到李瓶兒房內。下了一
盤棋。吃了一回酒。臨起身。李瓶兒見他這等臉酸。把西門慶攛
掇過他這邊歇了。正是得多少腰瘦故知閒事惱。淚痕只爲別
情濃。有詩爲証。

自從別後減容光。　萬轉千回懶下床。
虧殺瓶兒成好事　得教巫女會襄王

畢竟未知後來如何且聽下回分解

第三十九回

寄法名官哥穿道服

散生日敬濟拜寃家

第三十九回

西門慶玉皇廟打醮　吳月娘聽尼僧說經

漢武清齋夜築壇　自斟明水醮仙宮
殿前玉女移香案　雲際金人捧露盤
絳節幾時還入夢　碧桃何處更驂鸞
茂陵烟雨埋弓劍　石馬無聲蔓草寒

話說當日西門慶在潘金蓮房中。歇了一夜。那婦人恨不的鑽入他腹中。在枕畔千般貼戀。萬種牢籠。淚搵鮫鮹。語言溫順實指望買住漢子心。不料西門慶外邊。又刮刺上了韓道國老婆王六兒替他獅子街。石橋東邊使了一百廿兩銀子。買了一所門面兩間倒底四層房屋居住。除了過道第二層間半客位第三層除了半間供養佛像祖先。一間做住房，裡面依舊廂着炕床，對面又是燒煤火炕，收拾糊的乾淨，第四層除了一間廚房，半間盛煤炭，後邊還有一塊做坑廁，俱不必細說。自從搬過來那左近街坊隣舍，都知他是西門慶夥計，又見他穿着一套兒齊整絹帛衣服，在街上搖擺，他老婆常插戴的頭上黃烘烘，打扮模樣，在門前站立，這等行景，不敢怠慢，都送茶盒與他，又出人情慶賀，那中等人家，稱他做韓大哥韓大嫂，以下者赶着，以叔嬸呼之。西門慶但來他家，韓道國就在舖子裡上宿，教老婆陪他。自在頑耍，朝來暮往。街坊人家，也多知道這件事，懼怕西門慶有錢有勢，誰敢惹他，見一月之間，西門慶也來行走三四次，與王六兒打的，一似火炭般熱，穿着器用的，比前日不同。看看臈月時分。西門慶在家亂着送東京并府縣軍衛本衛衙門中節禮。有玉皇廟吳道官使徒弟送了四盒禮物。一盒肉。一盒銀魚。兩盒菓餡蒸酥。并天地疏。新春符。謝灶誥。西門慶正在上房吃飯。玳安兒拏進帖來。上寫着玉皇廟小道吳宗嘉頓首拜。西門慶揭開盒兒看了。說道出家人。又教他費心。送這厚禮來。分付玳安。連忙教書童兒封一兩銀子。拿回帖與他。月娘在旁因話題起。一個出家人。你要使的頭節尾常受他的禮。到把前日李大姐生孩兒時。你說許了多少願醮。就教他打了罷。西門慶道。早是你題起來。我許下一伯廿分醮。我就忘死了。月娘道。原來你這個大謅答子貨。誰家願心是忘記的。你便有口無心許下。神明都記着。嗔道孩子。成日恁啾啾唧唧的。原來都這願心壓的他。此是你幹的營生。西門道。既恁說。正月裡就把這醮願在吳道官這廟裡還了罷。月娘道。昨日李大姐說這孩子有些病痛兒的。要問那裡討個外名。西門慶道。又往那裡討外名就寄名在吳道官這廟裡罷。因問玳安他廟裡有誰在這裡。玳安道。是他第二個徒弟應春。跟了禮來。西門慶一面走出外邊來。那應春兒連忙跨馬磕頭。說家師父多拜上老爹。沒什麼孝順使小徒來送這天地疏。并些微禮兒與老爹賞人。西門慶止還了半禮。說道多謝你師父厚禮。讓他坐。說道小道怎麼敢坐。西門慶道。你坐。我有話和你說。那道士頭戴小帽。身穿青布直裰。下邊履鞋淨襪。謙遜數次。方纔把椅兒挪到旁另坐下。西門慶換茶來吃了。說道老爹有甚鈞語。分付。西門慶道。正月裡。我有些醮願要煩你師父替我還還兒在你本院也是那日就送小兒寄名不知你師父閑不閑徒弟連忙立起身來說道老爹分付隨問有甚人家經事不敢應承請問老爹訂在正月幾時西門慶道就訂在初九爺旦日那個日子罷徒弟道此日又是天誕玉匣記上我請律爺交慶五福駢臻修齋建醮甚好那日開大殿與老爹鋪壇請問老爹多少醮款西門慶道也是今歲七月為生小兒許了一百廿分清醮一向不得個心淨趂着正月裡還了罷就把小兒送與你師父向三寶座下討個外名徒弟又問請問那日延請多少道眾西門慶道教你師父請十六眾罷說畢左右放卓兒待茶先封十五兩經錢另外又封了一兩酧答他的節禮又說道眾的襯施你師父不消備辦我這裡

連阡張香燭一事帶去。喜歡的道士屁滾尿流。臨出門謝了又謝。磕了頭兒又磕。到正月初八日。先使玳安兒送了一石白米。一担阡張。十斤官燭。五斤沉檀馬牙香。十二疋生眼布。做襯施。又送了一對京段。兩罈南酒。四隻鮮鵝。四隻鮮雞。一對豚蹄。一脚羊肉。十兩銀子。與官哥兒寄名之禮。西門慶預先發帖兒。請下吳大舅。花大舅。應伯爵。謝希大。四位相陪。陳經濟騎頭口。先到廟中。替西門慶瞻拜。到初九日。西門慶也沒往衙中去。絕早冠帶。騎大白馬。僕從跟隨。前呼後擁。送出東門。往玉皇廟來。遠遠望見結綵的寳旛。過街榜棚。進約不上五里之地。就是玉皇廟。至山門前下馬。睜眼觀看。果然好座廟宇。天宮般蓋造。但見

青松鬱鬱。翠栢森森。金釘朱戶。玉橋低影軒宮。碧瓦雕簷繡

慎高懸寶檻。七間大殿。中懸勅額金書。兩廡長廊。彩畫天神帥將祥雲影裡。流星門高接青霄。瑞霞光中。鬱羅臺直侵碧漢。黃金殿上。列天帝三十二尊。白玉京中。現臺光百千萬億三天門外。離婁與師曠猙獰。左右堦前。白虎與青龍猛勇。寶殿前仙妃玉女。霞帔曾獻御香花。玉陛下四相九卿。朱履肅朝丹鳳闕。九龍床上。坐着個不壞金身。萬天教主玉皇張大帝。頭戴十一旒冕。身披衮龍青袍。腰繫藍田帶。按八卦九宮。手執白玉圭。聽三皈五戒。金鐘撞處。三千世界盡皈依。玉磬鳴時。萬象森羅皆拱極。朝天閣上。天風吹下步虛聲。演法壇中。夜月常聞仙珮响。只此便爲眞紫府。更于何處覓蓬萊。

西門慶由正門而入。見頭一座流星門上。七尺高朱紅牌架列

着兩行門對。大書

黄道天開祥。啟九天之閶闔。迓金輿翠蓋以延恩。

玄壇日麗。光臨萬聖之旛幢。誦寶笈瑶章而闡化。

到了寶殿上。懸着二十六齋題。大書着靈寶答天謝地。報國酧恩。九轉玉樞盟。寄名吉祥普滿齋壇。兩邊一聯。

先天立極。仰大道之巍巍。庸申至悃。

昊帝尊居。鑒清修之翼翼。上報洪恩。

西門慶進入壇中香案前。旁邊一小童。捧盆巾灌手畢。鋪排跪請上香。鋪毯褥行禮。叩壇畢。原來吳道官諱宗嚞。法名道真。生的魁偉身材。一臉鬍鬚。襟懷洒落。廣結交好施捨。見作本宮住持。以此高貴達官。多往投之。做醮席設甚齊整。迎賓待客。一團和氣。手下也有三五個徒弟徒孫。一呼百諾。西門慶會中。常在建醮。每生辰節令。疏禮不缺。何況西門慶。又做了刑名官來。此做好事。送公子寄名。受其大禮。如何不敬。那日就是他做齋功主行法事。頭戴玉環九陽雷巾。身披天青二十四宿大袖鶴氅。腰繫絲帶。忙下經筵來。與西門慶稽首。小道蒙老爹錯愛。迭受重禮。使小道卻之不恭。受之有愧。就是哥兒寄名。小道禮當叩祝三寶。保安增延壽命。尚不能以報老爹大恩。何以又叨受老爹厚賞。許多厚禮。誠有媿赧。經襯又且過厚。令小道愈不安。西門慶道。厚勞費心辛苦。無物可酬。薄禮表情而已。敘禮畢。兩邊道衆齊來稽首。一面請去外方丈。三間廠廳。名曰松鶴軒。多是朱紅亮槅。那裡自在坐處待茶。西門慶四面粉牆。擺設湖山瀟洒堂中椅卓光鮮。左壁掛黃鶴樓白日飛昇。右壁懸洞庭湖三番渡過。正面有兩幅吊屏草書一聯。引兩袖清風舞鶴。對一方明月談經。西門慶剛坐下。就令小廝棋童兒拏馬接你應二爹去。只怕他沒馬。如何這咱還沒來。玳安道。有姐夫騎的驢子。還在這裡。西門慶道也罷。分付棋童。快騎接去。那棋童從山門裡面牽出來騎了。一直去了。吳道官誦畢經下來。遞茶陪西門慶坐敘話。老爹敬神。一點誠心。小道怎敢惹罪。各道多從四更起來到壇。諷誦諸品仙經。并玉皇恭行醮經。今日三朝。九轉玉樞法事。多是整做。將官兒的生月八字。另具一字文書。奏名于三寶面前。起名叫做吳應元。太乙司命桃延合康壽齡。永保富貴遐昌。小道這裡。又添了二十四分。答謝天地。十二分慶讚上帝。

二十四分薦亡。共列一百五十八分醮款。西門慶道。多有費心。不一時打動法鼓。請西門慶到壇看文書。西門慶從新換了大紅五彩獅補吉服。腰繫蒙金犀角帶。到壇有絳衣表白在方先宣念齋意。

大宋國山東清河縣縣牌坊居住。奉道祈恩酧醮保安信官西門慶。本命丙寅年七月廿八日子時建生。同妻吳氏。本命戊辰年八月十五日子時建生。表白道。還有寶眷。小道未曾添上。西門慶道。你只添上個李氏。辛未年正月十五日申時建生。同男官哥兒。丙申年七月廿三日申時建生。領家眷等。即日投誠。拜干洪造。言念慶一介微生。三才末品。出入起居。毎感龍天之護佑。迭遷寒暑。常蒙神聖以匡扶。職列武班。叨承禁衛。沭恩光之寵渥。享符祿之豐盈。莅任刑名。每思圖報。恭逢盛世。仰賴帡幪。是以修設清醮。共廿四分位。荅報天地之洪恩。酧祝皇王之巨澤。又修設清醮十二分位。茲逢天誕。慶讚帝眞。介五福以遐昌。迓諸天而下邁。良願于去歲七月二十三日。因爲側室李氏生男官哥兒是慶。要祈坐蓐無虞。臨盆有慶。恭對將男官哥兒。寄于三寶殿下。賜名吳應元。期在出幼圓滿。另行請祈天地位下。告許清醮一百廿分位。續箕裘之徽嗣。保壽命之延長。附薦西門氏門中。三代宗親等冕祖西門京良。祖妣李氏。先考西門達。妣夏氏。故室人陳氏。及前亡後化。昇墜罔知。是以修設凈醮十二分位。恩資道力。均證生方。共列仙醮一百八十分位。仰干化單。俯賜勾銷。謹以宣和三年正月初九日。天誕良辰。特就大慈玉皇殿。伏延官道修建靈寶荅。天謝地。報國酧盟。慶神保安。寄名轉經。吉祥普滿大齋一晝夜。延三境之司尊。迓萬天之帝駕。日近清光。出入金門而有喜。時加美秩。褒封紫誥以增榮。一門長叨均安。四序公和廸吉。公于道力。今滿方來。謹意。

宣畢齋意。鋪設下許多文書符命。表白一一請看。揭開第一張說道。此是棄世功果影發文書。申請三天三境上帝。十極高真。三官四聖泰玄都省。及天曹大皇萬滿真君。天曹掌醮司真君。天曹降聖司真君。到壇證監功德的奏收。又揭起第二張。此是申請東岳天齊大生神聖帝。子孫娘娘。監生衛房聖母元君。并當時許還願日受禱之神。今日勾銷項願典者。祠家侍奉長生香火。三教明神。勾銷老爹昔日許的願款。及行下七十五司地府真官案吏主者。到壇來受追薦。護送亡人生天。此一票。是玉女靈官。天神帥將。功曹符使。土地等神。捧奏三天門運遞關文。此一張。王清總召萬靈真符。高功發遣公文受事官符。此一張。是召九斗陽芒流星火全紗大將。開天門的符命。看畢此處。又到一張卓上。揭起頭一張來。此是早朝開啟請無佞太保康元帥。九天靈符監齋使者。嚴禁齋儀。監臨厨所。此一張。是請正法馬趙溫關四大元帥。崔盧竇鄧四大天君。監臨壇監門。及玄壇四靈神君。九鳳破穢大將軍。淨壇蕩穢以格高真。此一字。是早朝啟五師箋文。晚朝謝五師箋文。此一字。是開闢二代捲簾化壇真符。此一字。是請神霄辟非大將軍。鳴金鍾陽牒。神雷禁壇大將軍擊王磬陰隰。此一字是安鎮五方眞人雲象東方九炁鎮天玉字眞文南三炁鎮天玉字眞文西方七炁鎮天玉字眞文北方五炁鎮天玉字眞文中央一炁鎮天玉字眞文請五老上帝安鎮壇場證監功德俱是五方顏色彩畫的此一字早朝頭一遍轉經高上神霄玉眞王南極長生大帝第二遍轉經高上碧霄東極青華生大帝第三遍轉經高上青雷九天應元雷聲普化天尊午朝第四遍轉經高上玉霄九天雷祖大帝第六遍轉經高上泰霄六天洞淵大帝晚朝第七遍轉經高上紫霄深波天主帝君第八遍轉經高上景霄青城益筭可幹司丈人眞君第九遍轉經高上絳霄九天採訪使眞君九道表箋掠剩報應幽枉積逮起四司謝四司箋此又一字是午朝高功捧奏拜進三天玉陛黄素朱衣并遣吉介直符醮吏者當同日受事功曹護送章表殿遞云盤闕文一字是三天持寶籙大將軍并金龍茇龍騎吏火府賁簡童子靈寶諸符命不可細數此一字是晚朝謝恩誠詞都疏及一百八十表醮經醮雲鶴馬子俵分錢馬滿散闕文又一卓案上此是哥兒三寶蔭下寄名外一家文書符索牒劄其餘不暇細覧請謝高功老爹今日十分費心西門慶于是洞案前炷了香畫了文書左右捧一疋尺頭與吳道官畫字固辭再三方令小童收了然後一個道士向殿角頭砧磔磔擂動法鼓有若春雷相似合堂諸衆一派音樂响起吳道官身披大紅五彩雲織法氅脚穿雲根飛舄朱履手執牙笏關發文書發壇召將兩邊鳴起鍾來鋪排引西門慶進壇裏向

三寶案。左右兩邊上香。西門慶于是睜眼觀看。果然鋪設齋壇齊整。但見

位按五方壇分八級、上層供三清四御、八極九霄。十極高眞。雲宮列聖中層山川嶽瀆社會隍司。福地洞天、方輿博厚。下層冥官幽壤地府羅酆。江河湖海之神。水國泉扃之衆。兩班醮筵森列、合殿官將威儀香騰瑞靄。千枝畫燭流光、花簇錦筵百盞銀燈散彩、天地亭。左右金童玉女、對對高張羽蓋。玉帝堂、兩邊執盂捧劍、重重密布幢旛。風清三界步虛聲。月冷九天乘沆瀣金鐘撞處高功來進奏虛皇。玉珮鳴時。多講登壇朝玉帝、絳綃衣、星辰燦爛、美蒙冠。金碧交加。監壇神將猙獰、直日功曹猛勇、道衆齊宣寶懺、上瑤臺酌水獻花、眞人密

誦靈章按法劍踏罡步斗。青龍隱隱來黃道。白鶴翩翩下紫

宸

西門慶剛遶壇拈香下來。被左右就請到松鶴軒。閣兒裡。地鋪錦毯爐焚獸炭那裡坐去了。不一時應伯爵謝希大來到。唱畢喏。每人封了一星折茶銀子。說道實告要送些茶兒來。路遠這些微意權爲一茶之需。西門慶也不接。說道奈煩。自恁請你來陪我坐坐。又幹這營生做什麼。吳親家這裡點茶。我一總多有了不消拏出來了。那應伯爵連忙又唱喏。說哥眞個俺每還收了罷因望着謝希大說道。都是你幹這營生。我說哥不受拏出來倒惹他訕兩句好的。良久。吳大舅。花子油都到了。每人兩盒細茶食來點茶。西門慶都令吳道官收了。吃畢茶。一同擺齋。放

了兩張卓、卓上堆的鹹食齋饌。點心湯飯。甚是豐潔、西門慶寛去衣服、同吃了早齋。原來吳道官叫了個說書的、說西漢評話、鴻門會、吳道官發了文書、走來陪坐。問哥兒。今日來不來。西門慶道正是小頑還小哩。房下恐怕路遠、諕着他。來不的。到午間、拿他穿的衣服來、三寶面前攝受過、就是一般。吳道官道、小道也是這般計較最好、西門慶道、別的倒也罷了。他是有些小膽兒、家裡三四個丫鬟、連養娘輪流看視、只是害怕、猫狗都不敢到他根前。吳大舅道。孩兒們好容易養活大。正說着、只見玳安進來說裡邊桂姨銀姨、使了李銘吳惠、送茶來了。西門慶道、叫他進來、李銘吳惠兩個拿着兩個盒子、跪下揭開。都是頂皮餅、松花餅。白糖萬壽糕、玫瑰搽穰捲兒、西門慶俱令吳道官收了、因問李銘。你每怎得知道。今日我在這裡打醮。李銘道。小的今早辰。路見陳姑夫。騎頭口問來。纔知道爹今日在此做好事。歸家告訴桂姐三媽。說還不快買禮去。旋約了吳銀姐纔來了。多上覆爹本當親來。不好來得。這盒粗茶兒。與爹賞人罷了。西門慶分付。你兩個等着吃齋。吳道官一面讓他二人下去。自有坐處。連手下人。多飽食一頓。話休饒舌。到了午朝拜表畢。吳道官預備了一張大插卓。簇盤定勝。高頂方糖。菓品各樣。托葷蒸碟醎食素饌。點心湯飯。又有四十碟碗。又是一罈金華酒。哥兒的一頂黑青段子銷金道髻。一件玄色紵絲道衣。一件綠雲段小襯衣。一雙白綾小襪。一雙青潞紬納臉小履鞋。一根黃絨線絛。一道三寶位下的黃線索。一道子孫娘娘面前紫線索。一付銀項圈條脫。刻着金玉滿堂。長命富貴。一道朱書辟非黃綾符上。書着太乙司命。桃延合康八字。就扎在黃線索上。都用方盤盛着。又是四盤美果。擺在卓上。差小童經袱內。包着宛紅牋經疏。將三朝做過法事。一一開載節次。請西門慶過了目。方纔裝入盒擔內。共約八擡。送到西門慶家。西門慶甚是歡喜。快使棋童兒家去。賞了道童兩方手帕。一兩銀子。且說那日是潘金蓮生日。有吳大妗子。潘姥姥。楊姑娘。郁大姐。都在月娘上房坐的。見廟裡送了齋來。又是許多羹果。揷卓禮物。擺了四張卓子。還擺不下。都亂出來觀看。金蓮便道。李大姐。你還不快出來看哩。你家兒子。師父廟裡送來了。又有許多他的小道冠髻。道衣兒噫。你看又是小履鞋兒。孟玉樓又走向前。拿起來手中看。說道。大姐姐你看道士家也精細的。這小履鞋。白綾底兒都是倒扣針兒方勝兒鎖的。這雲兒又且是好。我說他敢有老婆。不然怎的扣捺的恁好針脚兒。吳月娘道。沒的說。他出家人。那裡有老婆。想必是顧人做的。潘金蓮接過來說道士有老婆。相王師父和大師父。會挑的好汗巾兒。莫不是也有漢子。王姑子道。道士家。掩上個帽子。那裡不去了。似俺這僧家行動。就認出來。金蓮說道。我聽得說。你住的觀音寺背後。就是玄明觀。常言道。男僧寺。對着女僧寺。沒事也有事。月娘道。這六姐好恁囉說白道的。金蓮道。這個是他師父與他娘娘寄名的紫線瑣。又是這個銀脖項符牌兒。上面銀打的八個字。帶着且是好看。背面墜着他名字。吳什麼元。棋童道。此是他師父起的法名。吳應元。金蓮道這是個應字。吽道大姐姐。道士無禮。怎的把孩子改了他姓了。月娘道。你看不知禮。因使李瓶兒。你去抱了你兒子來。穿上這道衣。俺每瞧瞧。好不好。李瓶兒道。他纔睡下。又抱他出來。金蓮道不妨事。你揉醒他。那李瓶兒真個去了。這潘金蓮識字。取過紅帋袋兒。扯出送來的經疏。看上面西門慶底下同室人吳氏。傍邊只有李氏。再沒別人。心中就有幾分不忿。拏與衆人瞧。你說賊三等兒九格的。强人。你說他偏心不偏心。這上頭。只寫着生孩子的。把俺每都是不在數的。都打到贅字號裡去了。孟玉樓問道。有大姐姐沒有。金蓮道。沒有大姐姐。倒好笑。月娘道。也罷了。有了一個也多是一般。莫不你家有一隊伍人。也多寫上。惹的道士不笑話麼。金蓮道。俺每都是劉湛兒鬼兒麼。比那個不出材的。那個不是十個月養的哩。正說着。李瓶兒從前邊抱了官哥兒。李嬌兒道。拿過衣服來。等我替哥哥穿。李瓶兒抱着。孟玉樓替他戴上道髻兒。套上項牌。和兩道索。謊的那孩子。只把眼兒閉着。半日不敢出氣兒。玉樓把道衣替他穿上。吳月娘分付李瓶兒。你把這經疏。納個阡張頭兒。親往後邊佛堂中。自家燒了罷。那李瓶兒去了。金蓮見玉樓抱弄孩子。說道穿着這衣服。就是個小道士兒。金蓮接過來說道。什麼小道士兒。倒好相個小太乙兒。被月娘正色說了兩句。便道。五姐。你這個什麼話。孩兒們上。快休恁的。那金蓮訕訕的不言語了一回。那孩子穿着衣服害怕。就哭起來。李瓶兒走來。連忙接過來。替他脫衣裳時。就拉了一抱裙奶屎。孟玉樓笑道。好個吳應元。原來拉屎也有一托盤。月娘連忙教小玉。拿草紙替他抹。不一時那孩子就磕伏在李瓶兒懷裡。睡着了。李瓶兒道。小大哥原來困了。媽媽送你到前邊睡去罷。吳月娘一面把卓面多散了。請大妗子楊姑娘。潘姥姥。衆人出來吃齋。看看晚來。原來初八日。西門慶因打醮。不用葷酒。潘金蓮晚夕。就沒曾上的壽。直等到今晚來家就與他遞酒。來到大門站立。不想等到日落時分。只見陳經濟。和玳安自騎頭口來家。潘金蓮問。你爹來了。經濟道。爹怕來不成了。我來時。醮事還未了。纔拜懺。怕不弄到起更。道士有個輕饒素放的。還要謝將吃酒。金蓮聽了。一聲兒沒言語。使性子回到上房裡。對月娘說。賈瞎子傳操。乾起了個五更。隔墻掠肝能死心塌地。兜肚斷了帶子。沒得絆了。剛纔在門首。站了一回。只見陳姐夫騎了頭口來了。說爹不來了。醮事還沒了。先打發他來家。月娘道他不來罷。咱每自在。晚夕聽大師父。王師父。說因果唱佛曲兒。正說着。只見陳經濟。掀簾進來。已帶半酣兒。說我來與五娘磕頭。問大姐有鍾兒。尋個兒篩酒與五娘。遞一鍾兒大姐道那裡尋鍾兒去。只恁與五娘磕個頭兒。到這回等我遞罷你看他醉腔兒。恰好今日打醮。只好了你。吃的恁憨憨的來家。月娘便問道你爹真個不來了。玳安那奴才沒來。陳經濟道爹見醮事還沒了。恐怕家裡沒人。先打發我來了。留下玳安在那裡答應哩。道士再三不肯放我。强死强活。拉着吃了兩三大鍾酒。纔來了。月娘問今日。有那幾個在那裡經濟道。今日有大舅和門外花大舅。應二叔。和謝三叔。李銘又有吳惠兩個小優兒夜黑不知纏到多咱晚今日只吳大舅來了門外花大舅教爹留住了也是過夜的數金蓮沒見李瓶兒在根前便道陳姐夫連你也叫起花大舅來是那們兒親死了的知道罷了你叫他李大舅纔是怎叫他花大舅經濟道五娘你老人家鄉里姐姐嫁鄭恩睜着個眼兒閉着個眼兒罷出兒子不知他什麼帳兒只是穀裡分錢就是了大姐道賊囚根子快磕了頭趂早與我外頭挺去又口裡恁汗邪胡說了陳經濟于是請金蓮轉上踉踉蹌蹌磕了四個頭往前邊去了不一時房中掌上燈燭放下卓兒擺上菜兒請潘姥姥楊姑娘大妗子與衆人來了金蓮遞了酒打發坐下吃了麵吃到酒闌收了家活擡了卓出去月娘分付小玉把儀門關了炕上放下小卓兒衆人圍定兩個姑

子在正中間。焚下香。秉着一對蠟燭。都聽他說因果。先是大師父說道。

葢聞大藏經中。講說一段佛法。乃是西天第三十二祖下界。降生東土。傳佛心印。昔日唐高宗天子。咸亨三年。中夏記是不題。却說嶺南鄉泡渡村。有一張員外。家豪大富。廣有金銀。呼奴使婢。員外所取八個夫人。朝朝快樂。日日奢華。貪戀風流。不思善事。忽的一日出門遊翫。見一夥善人。馱載香油細米等物。人人稱念佛號。向前便問。你這些善人何往。內中一人答曰。一者打齋。二者聽經。員外又問你等打齋聽經。有何功德。衆人言說。人生在世。佛法難聞。人身難得。法華經云。說的好。若人有福。曾供養佛。今生不捨。來生榮華富貴。從何而來古人云、龍聽法而悟道。蟒聞懺以生天。何況人乎。張員外到家。便叫安童去後房請出你八個奶奶來。不一時。都到堂前。員外說婆婆我今黃梅寺修行去把家財分作八分。各人過其日月。想你我如今只顧眼前快樂。不知身後如何。若不修行。求出火炕。定落三塗五苦。有夫人聽說。便道員外你八寶羅漢之體。有甚業障。比不的俺女流之輩。生男長女。觸犯神祇。俺每業重。你在家裡修行。等俺八個替你躭罪。你休要去罷。正是

婆婆將言勸夫身。　員外冷笑兩三聲。

大師父說了一回。該王姑子接偈。月娘李嬌兒。孟玉樓。潘金蓮孫雪娥。李瓶兒。西門大娘并玉簫。多齊聲接佛。王姑子念道

說八個。眾夫人。要留員外。　告丈夫。休遠去。在家修行。
你如今。下狠心。撇下妻子。　痛哭殺。兒和女。你也心疼。
閃得俺。姊妹們。無處歸落。　好教我。一個個。怎過光陰。
從小兒。做夫妻。相隨到老。　半路里。丟下俺。倚靠何人。
兒扯爺。女扯娘。搥胸跌脚。　一家兒。大共小。痛哭傷情。

金字經

夫人聽說淚不乾。苦勸員外莫歸山。顧家園。兒女永團圓。休遠去。在家修行都一般。

白文

員外便說。多謝你八個夫人。我明日死在陰司。你們替我躭罪。我今與你們遞一鍾酒。明日好在閻王面前承當。飲酒中間員外說了一計夫人與我把燈剔一剔員外哄的夫人剔燈一口把燈吹死諕的八個夫人失色連忙叫梅香快點燈來員外取出鋼刀劍諕殺八個衆夫人

又偈

老員外喚梅香把燈點起　將鋼刀拿在手指定夫人
那一個把明燈一口吹死　圖家財害我命改嫁別人
若不說一劍去這頭落地　一個個心害怕倒在埃塵
有八個老夫人慌忙跪下　告員外你息怒饒俺殘生
你分明一口氣把燈吹死　吃幾鍾紅血酒拏劍殺人
你若還殺了俺八個夫人　到陰司告閻君取你真魂

員外冷笑便叫八個夫人你哄我當身吹燈不認如何認我

陰司貌罪。八個女流之輩。倒哄男身。笑殺年高有德人。說的八個夫人。閉口無言。員外想人生富貴。都是前生修來。便呌安童連忙與我裝載數車香油米麪。各樣菜蔬錢財等物。我往黃梅山裡。打齋聽經去也。

金字經

夫人聽我說根源。梵王天子棄江山。不貪戀要結萬人緣。多全捨萬古標名在世間。

員外今日修行去。親戚隣人送起程。

念了一回。吳月娘道。師父餓了。且把經請過。吃些甚麽。一面令小玉。安排了四碟素菜兒兩碟醎食兒四碟兒糖薄脆蒸酥菊花餅扳搭饊子。請大妗子楊姑娘潘姥姥。陪着二位師父用一個兒大妗子說。俺每不當家的。都剛吃的飽。教楊姑娘陪個兒罷。他老人家又吃着個齋。月娘連忙用小描金碟兒。每樣揀了個點心。放在碟兒裡。先遞與兩位師父。然後遞與楊姑娘。說道你老人家陪二位請些兒。婆子道。我的佛爺。不當家。老身吃的可勾了。又道這碟兒裡是燒骨朶。姐姐你拿過去。只怕錯揀到口裡。把衆人笑的了不得。月娘道。奶奶這個是頭裡廟上送來的。托葷鹹食。你老人家只顧用。不妨事。楊姑娘道既是素的等老身吃。老身乾淨眼花了。只當做葷的來。正吃着。只見來興兒媳婦子惠秀。走來。月娘道。賊臭肉你也來做什麽。惠秀道。我也來聽唱曲兒。月娘道。儀門關着你打那裡進來了。玉簫道他在廚房封火來。月娘道。嗔道恁王小的鼻兒。烏嘴兒黑的。成精鼓鵝來聽什麽經。當下衆丫鬟婦女。圍定兩個姑子。吃了茶食。收過家活去。揉抹經卓乾淨。月娘從新剔起燈燭來。炷了香。兩個姑子。打動擊子兒。又高念起來。從張員外在黃梅山寺中修行。白日長跪聽經。夜晚恭禪打坐。四祖禪師。觀見他不是凡人。定是個眞僧出世。問其鄉貫住處姓甚名誰。員外具說前因一遍。弟子把家財妻子棄了。實爲生死出家。四祖收留座下。做了徒弟。白日教他栽樹。夜晚椿米。六年苦行已滿。驚動護法韋馱尊天。驚覺四祖。教他尋安身立命之處。與了他三座寶貝。斗蓬簑衣。灣棗棍。往南去濁河邊投胎奪舍。尋房兒居住。三百六十日。經果圓成。你如今年紀高大。房兒壞了。傳不得眞妙法。度脫不得衆生。直說到于金小姐。姑嫂兩個。在濁河邊洗濯衣裳。見一借人借房兒住。不合答了他一聲。那老人就跳下河去了。潘金蓮熬的磕困上來。就往房裡睡去了。少頃李瓶兒房中綉春來叫說官哥兒醒了。也去了。只剩下李嬌兒孟玉樓潘姥姥孫雪娥楊姑娘大妗子。守着聽到河中漂過一顆大鱗桃來。小姐不合吃了歸家有孕。懷胎十月。王姑子唱了一個耍孩兒

一靈眞性投肚內。這個消息誰得知。人人不識西來意。呀的一聲孕男女。認的娘生鐵面皮。纔得見光明際。崑崙頂上轉大千沙界。古彌陀分南北東西。

說千金小姐來到嫂子房中。吃咱兩個曾在濁河邊洗衣見了那老人。問咱借房兒住。他如何跳在河內。諕的我心中驚怕。又吃了一個仙桃我如今心頭膨悶。好生疑悔。腹中成其身孕正

是十月腹中母懷胎。千金小姐淚盈腮

千金說。在綉房。成其身孕　心中悔。無可奈。忍氣吞聲

一個月。懷胎着。如同露水　兩個月。懷胎着。纔却朦朧

三個月懷胎着。纔成血餅　四個月。懷胎着。骨節纔成

五個月。懷胎着。纔分男女　六個月。懷胎着。長出六根

七個月。懷胎着。生長七竅　八個月。懷胎着。着相成人

九個月。懷胎着。看看大滿　十個月。母腹中。准備降生

五祖投胎在母腹中。因爲度衆生。婆婆男女不肯回心。古佛下界轉凡身。借胎出殼。久後度母到天宮

五祖一佛性　投胎在腹中

權住十個月　轉凡度衆生

念到此處。月娘兒大姐也睡去了。大姈子。捱在月娘裡間床上睡着了。楊姑娘。也打起欠呵來。卓上蠟燭。也點盡了兩根。問小玉。這天有多咱晚了。小玉道。巳是四更天氣。雞鳴呌。月娘方令兩位師父。收拾經卷。楊姑娘便往玉樓房裡去了。郁大姐在後邊雪娥房裡宿歇。只有兩個姑子。月娘打發大師父。和李嬌兒一處睡去了。王姑子和月娘在炕上睡。兩個還等着小玉頓了一甌子茶吃了。纔睡。大姈子在裡間床上。和玉簫睡。月娘因問王姑子後來這五祖長大了。怎生成了正果。王姑子道。這裡爺娘見他有身孕。教他哥哥祝虎。把千金小姐。赶將出去。要行殺害。多虧祝龍慈心。放他逃生。走在垂楊樹下自縊。驚動天上太白李金星。教他尋茶討飯。隨緣度日。不覺十月滿足。來到仙人庄神廟裡降生下五祖紫霧紅光罩滿了廟堂小姐見孩兒生下就盤膝端坐心中害怕不比尋常後又到天喜村王員外家場裡宿歇場中火起拏起見員外見小姐顏色就要留下做小子母兩個下拜登時把員外夫人多拜死了家奴院公拏住子母後員外甦省過說道只怕是好人留在家中養活六歲五祖方說話不由爲母的一直走到濁河邊枯樹取了三座寶貝逕往黃梅寺聽四祖說法遂成正果後還度脫母親生天月娘聽了越發好信佛法了有詩爲証

聽法聞經怕無常　紅蓮舌上放毫光
何人留下禪空話　留取尼僧化稻粮

畢竟未知後來如何且聽下回分解

第四十回

抱孩童瓶兒希寵

裝丫鬟金蓮市愛

提刑

第四十回

抱孩童瓶兒希寵　粧丫鬟金蓮市愛

善事須好做　無心近不得
你若做好事　別人分不得
經卷積如山　無緣看不得
財錢過壁堆　臨危將不得
靈承好供奉　起來吃不得
兒孫雖滿堂　死來替不得

話說當夜月娘。和王姑子一炕睡。王姑子因問月娘。你老人家怎的就沒見點喜事兒。月娘道。又說喜事哩。前日八月裡。因買了對過喬大戶房子。平白俺每都過去看。上他那樓梯。一脚蹁滑了。把個六七個月身扭吊了。至今再誰見什麼孩子來。王姑子道。我的奶奶。六七個月也成形了。月娘道。半夜裡吊在槒子裡。我和丫頭點燈撥着瞧。倒是個小廝兒。王姑子道。我的奶奶。可惜了。怎麼來扭着了。還是胎氣坐的不牢。月娘道。我只上他家樓梯子窄趔。不知怎的一脚滑下來。還虧了孟三姐一手扶住我。不然一吊下來了。王姑子道。你老人家養出個兒來。强如別人。你看他前邊六娘。進門多少時兒。倒生了個兒子。何等的好。月娘道。他各人的兒女。隨天罷了。王姑子道。也不打緊。俺每同行一個薛師父。一紙好符水藥。前年陳郎中娘子。也是中年無子。常時小產了幾胎。白不存。也是吃了薛師父符藥。如今生了好不醜滿。抱的小厮兒。一家兒歡喜的要不得。只是用着一件物件兒難尋月娘問道。什麼物件兒。王姑子道用着頭生孩子的衣胞。拏酒洗了。燒成灰兒。揀着符藥。揀壬子日。人不知。鬼不覺。空心用黃酒吃了。筭定日子兒不錯。至一個月就坐胎氣好不准。月娘道這師父是男僧女僧。在那裡住。王姑子道。他也是俺女僧。也有五十多歲。原在地藏庵兒住來。如今搬在南首裡法華庵兒做首座。好不有道行。他好少經典兒。又會講說金剛科儀。各樣因果寶卷。成月說不了。專在大人家行走。要便接了去。十朝半月。不放出來。月娘道。你到明日請他來走走。王姑子道。我知道。等我替你老人家。討了這符藥來着。止是這一件兒難尋。這裡沒尋處。恁般如此。你不如把前頭這孩子的房兒。借情跑出來便了罷。月娘道。緣何損別人。安自巳的。我與你銀子。你替我慢慢另尋便了。王姑子道。這個倒只是問老娘尋他纔有。我替你整治這符水。你老人家吃了。管情就有。難得你明日另養出來。隨他多少。十個明星。當不的月。月娘分付。你却休對人說。王姑子道。好奶奶。傻了。我肯對人說。說了一回。各人多睡了。一宿晚景題過。到次日西門慶打廟裡來家。月娘纔起來梳頭。玉簫接了衣服坐下。月娘因說昨日家裡六姐。等你來上壽。怎的就不來了。西門慶悉把醮事未了。吳親家晚夕費心。擺了許多卓席。吳大舅先來了。留住我和花大哥。應二哥。謝希大兩個小優兒彈唱着。俺每吃了半夜酒。今早我便先進城來了。應二哥他三個還吃酒哩。昨日甚是難爲吳親家。破費了許多錢。告訴了一回。玉簫遞茶吃了。也沒往衙門裡去。走到前邊書房裡摟在床上。就睡着了。落後潘金蓮李瓶兒梳了頭。抱着孩子出來。多到上房。陪着吃茶。月娘向李瓶兒道。他爹來了。這一日在前頭哩。我教他吃茶食。他不吃。丫頭有了飯了。你把你家小道士。替他穿上衣裳。抱到前頭。與他爹瞧瞧去。潘金蓮道。我也去等我替道士兒穿衣服。于是戴上銷金道髻兒。穿上道衣。帶了項牌符索。套上小鞋襪兒。金蓮就要奪過去。月娘道。教他媽媽抱罷。況自你這蜜褐色挑繡裙子。不耐汚。撒上點子臢到了不成。于是李瓶兒抱定官哥兒。潘金蓮便跟着。來到前邊西廂房內。書童見他二人掀簾。連忙就躲出來了。金蓮見西門慶。臉朝裡睡炕床上。指着孩子說。老花子。你好睡。小道士兒。自家來請你來了。大媽媽房裡。擺下飯。教你吃去。你還不快起來。還推睡兒。那西門慶吃了一夜酒的人。倒去頭。那顧天高地下。鼾睡如雷。金蓮與李瓶兒一邊一個。坐在床上。把孩子放在他面前。怎禁的鬼混。不一時把西門慶弄醒了。睜開眼看。見官哥兒在面前。頭上戴着銷金道髻兒。身穿小道衣兒。項圍符索。喜歡的眉開眼笑。連忙接過來。抱到懷裡。與他親個嘴兒。金蓮道。好乾淨嘴頭子。就來親孩兒。小道士兒吴應元。你噦他一口。你說昨日在那裡使牛耕地來。今日乏困的你這樣的。大白日強覺昨日叫王媽。只顧等着你。你恁大膽。不來與五媽磕頭。西門慶道。昨日醮事等的晚。晚夕謝將。又整酒吃了一夜。今日到這咱時分還一頭在這裡睡呢。還要往尚舉人家吃酒去。金蓮道。你不吃酒去罷了。西門慶道。他家從昨日送了帖兒來。不去惹人家不怪。金蓮道你去晚夕早些兒來家。我等着你哩。李瓶兒道他大媽媽擺下飯了。又做了些酸筍湯。請你吃飯去哩。西門慶道。我心裡還不待吃。等我去呵些湯罷。于是起來往後邊去了。這潘金蓮兒見他去了。一屁股就坐在床上正中間。脚蹬着地爐子。說道這原來是個套炕子。伸手摸了摸褥子裡。說道倒且是燒的滚熱的炕兒。瞧了瞧旁邊卓上放着個烘硯瓦的銅絲火爐兒隨手取過來。叫李大姐。那邊香几兒上牙盒裡盛的甜香餅兒。你取些來。我一面揭開了。拿幾個在火炕內。一面夾在襠裡。拏裙子褁的沿沿的。且薰熱身上坐了一回。李瓶兒說道咱進去罷。只怕他爹吃了飯出來。金蓮道。他出來不是怕他麽。于是二人抱着官哥。進入後邊來。良久。西門慶吃了飯。分付排軍備馬干後往尚舉人家吃酒去了。潘姥姥先去了。且說晚夕王姑子要家去。月娘悄悄與了他一兩銀子。叫他休對大師父說。好歹往薛姑子。帶了符藥來。王姑子接了銀子。和月娘說。我這一去。只過十六日兒纔來罷。就替你尋了那件東西兒來。月娘道也罷。你只替我幹的停當。我還謝你。于是作辭去了。看官聽說。但凡大人家。似這樣僧尼牙婆。決不可擡舉。在深宮大院。相伴着婦女。俱以講天堂地獄。談經說典爲由。背地裡說釜念款送煖偷寒。甚麽事兒不幹出來。十個九個。都被他送上災厄。有詩爲証

最有緇流不可言　深宮大院哄嬋娟
此輩若皆成佛道　西方依舊黑漫漫

却說金蓮晚夕。走在月娘房裡。陪着衆人坐的。走到鏡臺前。把鬏髻摘了。打了個盤頭揸髻。把臉搽的雪白。抹的嘴脣兒鮮紅。戴着兩個金燈籠墜子。貼着三面花兒。帶着紫銷金箍兒。尋了一套大紅織金襖兒。下着翠藍段子裙。要裝丫頭。哄月娘衆人耍子。叫將李瓶兒來。與他瞧。把李瓶兒笑的前仰後合。說道姐姐。你裝扮起來。活像個丫頭。等我往後邊去。我那屋裡有紅布手巾。替你蓋着頭。對他們只說他爹又尋了個丫頭。誆他們誆。管定就信了。春梅打着燈籠。在頭裡走。走到撞見陳經濟。笑道我道是誰來。這個就是五娘。幹的營生。李瓶兒叫道姐夫。你過來。等我和你說了着。你先進去。見他們。只如此如此。這般這般。經濟道。我有法兒哄他。于是先走到上房裡。衆人都在炕上坐着吃茶。經濟道。娘你看爹平白裡。吽薛嫂兒。使了十六兩銀子。買了人家一個二十五歲。會彈唱的姐兒。剛纔拏轎子。送將來了。月娘道。眞個。薛嫂兒怎不先來對我說。經濟道。他怕你老人家罵他。送轎子到大門首。他就去了。丫頭便教他每。領進來了。大妗子還不言語。楊姑娘道。官人有這幾房姐姐勾了。又要他來做什麼。月娘道。好奶奶。你禁的有錢。就買一百個。有什麼多。俺每多是老婆當軍。在這屋裡充數兒罷了。玉簫道。等我瞧瞧去。只見月亮地裡。原來春梅打燈籠。吽了來安兒小厮打着。和李瓶兒後邊跟着。搭着蓋頭。穿着紅衣服進來。慌的孟玉樓。李嬌兒。都出來看。良久。進入房裡。玉簫挨在月娘邊。說道這個是主子。還不磕頭哩。一面揭了蓋頭。那潘金蓮揷燭也似。磕下頭去。忍不住撲砘的笑了。玉樓道。好丫頭。不與你主子磕頭。且笑月娘也笑了。說道。這六姐成精死了罷。把俺每哄的信了。玉樓道。月娘我不信。楊姑娘道。姐姐。你怎的見出來不信。玉樓道。俺六姐平昔磕頭也學的那等磕了頭。起來倒退兩步。纔拜。楊姑娘道。還是姐姐看的出來。要着老身。就信了。李嬌兒道。我也就信了。剛纔不是揭蓋頭。他自家笑。還認不出來。正說着。只見琴童兒抱進毡包來。說爹來家了。孟玉樓道。你且藏在明間裡等爹進來。等我哄他哄。不一時。西門慶來到。楊姑娘大妗子出去了。進入房內椅子上坐下。月娘在旁不言語。玉樓道。今日薛嫂兒轎子送人家一個二十歲丫頭來。說是你教他送來要他的。你恁許大年紀。前程也在身上。還幹這勾當。西門慶笑道。我那裡教他買丫頭來信那老淫婦哄你哩玉樓道你問大姐姐不是丫頭也領在這裡我不哄你你不信我我叫出來你瞧于是叫玉簫你拉進那新丫頭來見你爹那玉簫掩着嘴兒笑又不敢去拉前邊走了走兒又回來了說道他不肯來玉樓道等我去拉恁大胆子的奴才頭兒沒動就扭主子也是個不聽指教的一面走到明間內只聽說道怪行貨子我不好罵的人不進去只顧拉人拉的手腳兒不着玉樓笑道好奴才誰家使的你恁沒規矩不進來見你主子磕頭一面拉進來西門慶灯影下睜眼觀看却是潘金蓮打着擡鬏丫頭笑的眼沒縫兒那金蓮就坐在傍邊椅子上玉樓道好大膽丫頭新來乍到就恁少條失教的大剌剌對着主子坐着道撇臭與他這個主子兒了

月娘笑道。你趁着你王子來家。與他儘個頭兒罷。那金蓮也不動。走到月娘裡間屋裡。一頓把簪子拔了。戴上鬏髻出來。月娘道好淫婦。討了誰上哩話。就戴上鬏髻了。衆人又笑了一回。月娘告訴西門慶說。今日喬親家那裡。使喬通送了六個帖兒來。請俺每吃看燈酒。咱到明日。不先送些禮兒去。教玉簫拿帖兒與西門慶瞧。見上面寫着。

十二日寒舍。薄具菲酌。奉屈魚軒。仰冀貴臨。不勝榮幸。右啟。

大德望西門大親家老夫人粧次。　下書眷末喬門鄭氏歛衽拜。

到明日咱家發柬。十四日也請他娘子。并周守備娘子。荆都監娘子夏大人娘子。張親家母大妗子。也不必家去了。教黃四叫將花兒匠來。做幾架烟火。王皇親家。一起扮戲的小厮每來扮西廂記的。你每往院中。再把吳銀兒李桂兒接了。西門慶看畢說道明早叫來與兒。買四樣餚品。一罈南酒。送了去就是了。你每在家看燈吃酒。和應二哥。謝子張往獅子街樓上吃酒去。說畢。不一時放下卓兒安排酒上來。潘金蓮遞酒。衆姊妹相陪吃了一回。西門慶因見金蓮。裝扮了頭。燈下艷粧濃抹。不覺淫心蕩漾。不住把眼色遞與他。這金蓮就知其意。行陪着吃酒。就到前邊房裡去了。冠兒攙着杭州攢。重勻粉面。復點朱唇。原來早在房中。先預備下一卓酒。齊整菓菜等。西門慶進房。婦人還要自已與遞酒。不一時西門慶果然來到見婦人。還挽起雲髻來。心中喜甚。摟着他坐在椅子上。兩個說笑。不一時。春梅收拾上酒菜來。婦人從新與他遞酒。西門慶道。小油嘴兒頭裡已是遞過罷了。又教你費心。金蓮笑道。那個大殺裡酒兒不筭。這個是奴家業兒與你遞鍾酒兒。年年累你破費。你休抱怨。把西門慶笑的沒眼縫兒。連忙接了他酒。摟在懷裡膝蓋兒坐的。春梅斟酒。秋菊拿菜兒。金蓮道。我問你到十二日。喬家請俺每多去。只教大姐姐去。西門慶道。他旣是下帖兒多請你每。如何不去到明日。叫妳子抱了哥兒。也去走走。省的家裡尋他娘哭。金蓮道大姐姐。他每多有衣裳穿。我老道只自知數的。那幾件子。沒件好當眼的。你把南邊新治來那衣服。一家分散幾件子。裁與俺每穿了罷。只顧放着。怎生小的兒也怎的。到明日咱家擺酒。請衆官娘子。俺每也好見他。不惹人笑話。我長是說着。你把臉兒

憨着。西門慶笑道。既是恁的。明日叫了趙裁來。與你每裁了罷
金蓮道。及至明日叫裁縫做。只差兩日兒。做着還遲了哩。西門
慶道。對趙裁說。多帶幾個人來。替你每攢造兩三件出來。就勾
了。剩下別的。慢慢再做也不遲。金蓮道。我早對你說過。好歹揀
兩套上色兒的與我。我難向他們多有。我身體没與我做什麼
大衣裳。西門慶笑道。賊小油嘴兒。去處掐個尖兒。兩個說話飲
酒。到一更時分。方上床。兩個如被底鴛鴦。帳中鸞鳳。畫樓燕語
不肯即休。覆應即再聚雲情。一時不肯即休。整狂了半夜。到次
日西門慶衙門中回來。開了箱櫃。打開出南邊織造的夾板羅
段尺頭來。使小廝叫將趙裁來。每人做件粧花通袖袍兒一套。
遍地錦衣服一套。粧花衣服惟月娘是兩套。大紅通袖遍地錦

袍兒。四套粧花衣服。在捲棚。一面使琴童兒。叫趙裁去。這趙裁正在家中吃飯。聽的西門慶宅中叫。連忙丟下飯碗。帶着剪尺就走。時人有幾句。誇讚這趙裁好處

我做裁縫姓趙　月月主顧來叫
針線緊緊隨身　剪尺常掖靴靿
幅摺赶空走儹　截彎病除手到
不論上短下長　那管襟扭領拗
每日肉飯三飡　兩頓酒兒是要
剪截門首常出　一月不脫三廟
有錢老婆嘴光　無時孩子亂叫
不拘誰家衣裳　且交印鋪睡覺

隨你催討終朝　只拏口兒支調

十分要緊騰挪　又將後來頂倒

問你有甚高强　只是一味老落

不一時走到。見西門慶坐在上面。連忙磕了頭。卓上鋪着氊條。取出剪尺來。先裁月娘的。一件大紅遍地錦五彩粧花通袖襖。獸朝麒麟補子叚袍兒。一件玄色五彩金遍邊葫蘆樣鸞鳳穿花羅袍。一套大紅叚子遍地金通袖麒麟補子襖兒。翠藍寬拖遍地金裙。一套沉香色粧花補子遍地錦羅襖兒。大紅金板綠葉百花拖泥裙。其餘李嬌兒。孟玉樓。潘金蓮。李瓶兒。四個多裁了一件大紅五彩通袖粧花錦雞叚子袍兒。兩套粧花羅叚衣服。孫雪娥只是兩套。就沒與他袍兒。須臾共裁剪二十件衣服兌了五兩銀子。與趙裁做工錢。一面叫了十來個裁縫。在家攢造。不在話下。正是金鈴玉墜粧閨女。錦綺珠翹飾妹娃。畢竟未知後來如何。且聽下回分解

金瓶梅

第四十一回

兩孩兒聯姻共笑嬉

二佳人憤深同氣苦

新刻金瓶梅詞話卷之四

第四十一回

西門慶與喬大戶結親　潘金蓮共李瓶兒鬬氣

富貴雙全世業隆　聯翩朱紫一門中
官高位重如王導　家盛財豐比石崇
畫燭錦幃消夜月　綺羅紅粉醉春風
朝懽暮樂年年事　豈肯潛心任始終

話說西門慶在家中裁縫攢造衣服，那消兩日就完了。到十二日，喬家使人邀請。早辰西門慶先送了禮去，那日月娘并衆姊妹、大妗子，六頂轎子，一搭兒起身，留下孫雪娥看家，妳子如意兒抱着官哥，又令來興媳婦惠秀伏侍疊衣服，又是兩頂小轎西門慶在家看着賁四叫了花兒匠來紮縳烟火在大廳捲棚內掛燈使小廝拏帖兒往王皇親宅內定下戲子俱不必細說後晌時分走到金蓮房中金蓮不在家春梅在旁伏侍茶飯放卓兒吃酒西門慶因對春梅說十四日請衆官娘子你每四個多打扮出去與你娘跟着遞酒也是好處春梅聽了斜靠着卓兒說道你若叫只叫他三個出去我是不出去西門慶道你怎的不出去春梅道娘每都新裁了衣裳陪侍衆官戶娘子便好看俺每一個一個只像燒煳了卷子一般平白出去惹人家笑話西門慶道你每多有各人的衣服首飾珠翠花朵雲髻兒穿戴出去春梅道頭上將就戴着罷了身上有數那兩件舊片子怎麽好穿少去見人的倒沒的羞剌剌的西門慶笑道我曉的

你這小油嘴兒你娘每做了衣裳都使性兒起來不打緊叫趙裁來連大姐帶你四個每人都替你裁三件一套段子衣裳一件遍地錦比甲春梅道我不比與他我還問你要件白綾裙兒搭襯着大紅遍地錦比甲兒穿西門慶道你要不打緊少不的也與你大姐裁一件春梅道大姑娘有一件罷了我却沒有他也說不的西門慶于是拏鑰匙開樓門揀了五套段子衣服兩套遍地金比甲兒一疋白綾裁了兩件白綾對衿襖兒惟大姐和春梅是大紅遍地錦比甲兒迎春玉簫蘭香都是藍綠顏色衣服都是大紅段子織金對衿襖翠藍邊拖裙共十七件一面叫了趙裁來都裁剪停當又要一疋黃紗做裙腰貼裡一色多是杭州絹兒春梅方纔喜歡了陪侍西門慶在屋裡吃了一日

酒。按下家中不題。且說吳月娘。衆姊妹到了喬大戶家。原來喬大戶娘子。那日請了尚舉人娘子。并左隣朱臺官娘子。崔親家母。并兩個外甥姪女兒。段大姐。及吳舜臣媳婦兒鄭三姐。叫了兩個妓女。席前彈唱。聽見月娘衆姊妹。和吳大妗子到了。連忙出儀門首迎接。後廳敘禮。趕着月娘呼姑娘。李嬌兒衆人。都排行叫二姑娘。三姑娘。稱着吳大妗子。那邊稱呼之禮。也與尚舉人。朱堂官娘子。敘禮畢。段大姐。鄭三姐。向前拜見了。各依次坐下。丫鬟遞過了茶。喬大戶出來拜見。謝了禮。他娘子讓進衆人房中去寬衣服。就放卓兒擺茶。無非是蒸煠細巧茶食。菓餡點心酥菓甜食。諸般菓蔬。擺設甚是齊整。請堂客坐下吃茶。妳子如意兒和惠秀在房中等着。看官哥兒。另自管待。須臾吃了茶。

到廳屏開孔雀褥隱芙蓉正面設四張卓席讓月娘坐了首位其次就是尚舉人娘子吳大妗子朱堂官娘子李嬌兒孟玉樓潘金蓮李瓶兒喬大戶娘子關席坐位傍邊放一卓是段大姐鄭三姐共十一位尚家兩個妓女在旁彈唱上了湯飯厨役上來獻了頭一道水晶鵝月娘賞了二錢銀子第二道是頓爛烤蹄兒月娘又賞了一錢銀子第三道獻燒鴨月娘又賞了一錢銀子喬大戶娘子下來遞酒遞了月娘過去又遞尚舉人娘子月娘就下來往後房換衣服勻臉去了孟玉樓也跟下來到了喬大戶娘子卧房中只見妳子如意兒看守着官哥兒在炕上鋪着小褥子兒倘着他家新生的長姐也在傍邊卧着兩個你打我下兒我打你下兒頑耍把月娘玉樓見了喜歡的要不得

說道他兩個。倒好相兩口兒只見吳大妗子進來。說道大妗子。你來瞧瞧兩個倒相小兩口兒。大妗子笑道。正是孩兒每。在炕上張手兒蹬脚兒的。你打我我打你。小姻緣一對兒耍子。喬大戶娘子。和衆堂客多進房來。吳妗子如此這般說。喬大戶娘子道列位親家聽着。小家兒人家。怎敢攀的我這大姑娘府上。月娘道親家好說。我家嫂子是何人。鄭三姐是何人。我與你愛親做親就是我家小兒也玷辱不了你家小姐。如何却說此話。玉樓推着李瓶兒說道。李大姐你怎的說。那李瓶兒只是笑。吳妗子道喬親家不依我就惱了。尚舉人娘子。和朱堂官娘子。皆說道難爲吳親家厚情。喬親家你休謙辭了。因問你家長姐去年十一月生的。月娘道我家小兒六月廿三日生的。原大五個月。

正是兩口兒衆人于是不由分說把喬大戶娘子和月娘李瓶
兒拉到前廳兩個就割了衫襟兩個妓女彈唱着旋對喬大戶
說了拏出菓盒三段紅來遞酒月娘一面分付玳安琴童快往
家中對西門慶說旋擡了兩罈酒三疋段子紅綠板兒絨金絲
花四個螺甸大菓盒兩家席前掛紅吃酒一面堂中画燭高爇
花灯燦爛麝香靉靆喜咲匆匆席前兩個妓女啟朱唇露皓齒
輕撥玉阮斜把琵琶唱一套鬭鵪鶉
翡翠窓紗鴛鴦碧瓦孔雀銀屏芙蓉綉褥幕捲輕綃香焚睡
鴨灯上　下下這的是南省尚書東床駙馬
紫花兒序　帳前軍朱衣畫戟門下士錦帶吳鈎坐上客繡
帽宮花按教坊歌舞依內苑奢華板撥紅牙一派簫韶准備

下立兩個美人如畫。粉面銀箏。玉手琵琶

金蕉葉　我倒見銀燭明燒絳蠟。纖手高擎着玉斝。我見他舉止處。堂堂俊雅。我去那燈影兒下。孜孜的覷着。

調笑令　這生那里每曾見他。莫不我眼睛花。呀我這裡手抵着牙兒事記咱。不由我眼兒裡見了他。心牽掛。莫不是五百年前。歡喜寃家。是何處綠楊曾繫馬。莫不是夢兒中。雲雨巫峽。

小桃紅　玉簫吹徹碧桃花。一刻千金價。燈影兒裡。斜將眼稍兒抹誆的我臉紅霞。酒盃中嫌殺春風凹。玉簫年當二八未曾擡嫁、俺相公培養出牡丹芽。

三兒台　他說幾句凄涼話。我淚不住行兒般下。鎖不住心猿意馬。我是個嬌滴滴洛陽花。險此此露出風流的話靶。這言詞道要不是耍這公事真假不是假他那裡扳樹尋根。我這裡指鹿道馬。

禿廝兒　我勸他似水底納瓜。他覷我似鏡裡觀花。更做道書生自來情性耍。調戲咱好人家嬌娃。

聖藥王　你看我怎救他。難按納。公孫弘東閣鬧諠譁。散了玳瑁筵。漾了這鸚鵡斝。踢番了銀燭絳籠紗。扯三尺劍離匣。

尾聲　從來這秀才每色膽天來大。把俺這小膽文君謊殺。忒火性卓王孫。强風情漢司馬。

當下衆堂客。與吳月娘。喬大戶娘子。李瓶兒三人。都簪了花掛了紅。遞了酒。各人都拜了。從新復安席坐下飲酒。廚子上了一道菓餡壽字雪花糕。喜重重滿池嬌並頭蓮湯。剛了一道燒花豬肉。月娘坐在上席。滿心歡喜。叫玳安過來。賞一疋大紅與廚役兩個妓女。每人都是一疋。俱磕頭謝了。喬大戶娘子。還不放起身。還在後堂留坐。擺了許多勸碟。細菓攢盒。約吃到一更時分。月娘等方纔拜辭回家。說道親家。明日好歹下降寒舍。那裡久坐坐。喬大戶娘子道。親家盛情。家老兒說來。只怕席間不好坐的。改日望親家去罷。月娘道。好親家。再沒人親家只是見外。因留了大妗子。你今日不去。明日同喬親家。一搭兒裡來罷。大妗子道喬親家別的日子你不去罷到十五日。你正親家生日。你莫不也不去。喬大戶娘子道。親家十五日。好明日子。我怎敢不去。月娘道。親家若不去。大妗子。我交付與你。只在你身上。于是生死把大妗子留下了。然後作辭上轎。頭裡兩個排軍。打着兩個大紅燈籠。後邊又是兩個小廝打着兩個燈籠。喝的路走。吳月娘在頭裡。李嬌兒。孟玉樓。潘金蓮。李瓶兒。一字在中間。如意兒和惠秀。然後妳子轎子裏。用紅綾小被。把官哥兒。裹得沒沒的。恐怕冷。脚下還蹬着銅火爐兒。兩邊小廝圍隨。到了家門首下轎。西門慶正在上房吃酒。月娘等衆人進來。道了萬福坐下。衆丫鬟都來磕了頭。月娘先把今日。酒席上結親之話告訴了一遍。西門慶聽了。道今日酒席上。有那幾位堂客。月娘道。有尚舉人娘子。朱序班娘子。崔親家母。兩個姪女。西門慶說。做親也罷了。只是有些不搬陪。月娘道。倒是俺嫂子見他家新養的姐。和咱孩子在床炕上睡着。都蓋着那被窩兒。你打我一下兒我打你一下兒。恰是小兩口兒一般。纔料了俺每去說將起來。酒席上。就不因不由。做了這門親。我方纔使小廝來。對你說撞送了花紅菓盒去。西門慶道。旣做親也罷了。只是有些不搬陪。些〻喬家雖如今有這個家事。他只是個縣中大戶。白衣人。你我如今見居着這官。又在衙門中管着事。到明日會親酒席間。他戴着小帽。與俺這官戶。怎生相處。甚不雅相。就前日荊南岡。央及營里張親家。再三赶着。和我做親。說他家小姐。今纔五個月兒。也和咱家孩子同歲。我嫌他没娘母子。也是房裡生的。所以没曾應承他。不想倒與他家做了親。潘金蓮在旁。接過來道。嫌人家是房裡養的。誰家是房外養的。就是今日喬家這孩子。也是房裡生的。正是險道神撞見那壽星老兒。你也休說我的長我也休嫌你那短。這西門慶聽了此言。心中大怒。罵道賊淫婦還不過去。人這裡說話。也插嘴插舌的。有你什麽說處。金蓮把臉羞的通紅了。抽身走出來。說道誰這裡說我有說處可知我沒說處哩。看官聽說。今日潘金蓮在酒席上。見月娘與喬大戶家做了親。李瓶兒都披紅簪花遞酒。心中甚是氣不憤。來家又被西門慶罵了這兩句。越發急了。走到月娘這邊屋裡哭去了。西門慶因問大妗子。怎的不來。月娘道。喬親家母。明日見有他衆官娘子。說不得來。我留下他在那裡。教明日同他一搭兒裡來。西門慶道。我說自這席間坐次上。也不好相處的。到明日怎麽廝會。說了回話。只見孟玉樓也走過這邊屋裡來。見金蓮哭泣。說道你只顧惱怎的。隨他說了幾句罷了。金蓮道。早是你在旁邊聽着。我說他什麽歹話來。又是一說。他說別家是房裡養的。我說喬家是房外養的。也是房裡生的。那個紙包兒包着。瞞得過人。賊不逢好死的强人。就睜着眼。罵起我來。罵的人那絕情絕義。我怎來的沒我說處。改變了心。教他明日現報了我的眼。我不說的。喬小妗子出來。還有喬老頭子的些些氣兒。你家的失迷了家鄉。還不知是誰家的種兒哩。人便圖往扳親家耍子兒。教他人拏我惹氣。罵我管我稀事。多大的孩子。又是我一個懷抱了。尿泡種子。平白子扳親家。有錢沒處施展的。爭破卧单沒的蓋。狗咬尿胞空喜歡。如今做濕親家還好。到明日休要做了乾親家纔難。吹殺燈擠眼兒。後來的事。看不見的勾當。做親時人家好。過後三年五載。方了的纔一個兒。玉樓道。如今人也賊了不幹這個營生、論甚麼也還早哩。纔養的孩子。割什麼衫襟撫過只是圖往來扳陪着耍子兒罷了。金蓮道。你的便浪排着圖扳親家耍子。平白教賊不合鈕的強人罵我我養蝦蟆得水蠱兒病。着什麼來由來。玉樓道。誰教你說話不着個頭頂兒就說出來。他不罵你罵狗。金蓮道。我不好說的。他不是房裡是大夫婆就是喬家孩子、是房裡生的。還有喬老頭子的些氣兒。你家失迷家鄉。還不知是誰家的種兒哩。玉樓聽了一聲兒沒言語。坐了一回。金蓮歸房去了。李瓶兒見西門慶出來了。從新花枝招颭與月娘磕頭。說道今日孩子的事。累姐姐費心。那月娘笑嘻嘻。也倒身還下禮去。說道你喜呀。李瓶兒道。與姐姐同喜。磕畢頭起來。與月娘李嬌兒坐着說話。只見孫雪娥大姐來。

與月娘磕頭。與李嬌兒。李瓶兒。道了萬福。小玉拿將茶。正吃茶。只見李瓶兒房裡丫鬟繡春來請。說哥兒屋裡尋哩。爹使我請娘來了。李瓶兒道。妳子慌的三不知。就抱的屋裡去了。一搭兒去也罷了。是孩子沒個燈兒。月娘道頭裡進門。我教他抱的房裡去。恐怕晚了。小玉道頭裡如意兒抱着他來安兒打着燈籠。送他來。李瓶兒道。這等也罷了。于是作辭月娘。回房中來。只見西門慶在屋裡。官哥兒在妳子懷裡睡着了。因說是你如何不對我說。就抱了他來。如意兒道大娘見來安兒打着燈籠。就趂着燈兒來了。哥哥哭了一回。纔拍着他睡着了。西門慶道。他尋了這一回。纔睡了。李瓶兒說畢。望着他笑嘻嘻。說道今日與孩子定了親。累你我替你磕個頭兒。于是揷燭也似磕下去。喜歡的西門慶滿面堆笑連忙拉起來做一處坐的一面令迎春擺上酒兒兩個這屋裡吃酒且說潘金蓮到房中使性子沒好氣明知西門慶在李瓶兒這邊一經因秋菊開的門遲了進門就打兩個耳刮子高聲罵道賊淫婦奴才怎的叫了恁一日不開你做什麼來搯兒我且不知你荅話于是走到屋裡坐下春梅走來磕頭遞茶婦人問他賊奴才他在屋裡做什麼來春梅道在院子裡坐着來他叫了我那等推他還不理婦人道我知道他和我兩個毆業党太尉吃匾食他也學人照樣兒行事欺負我待要打他又恐西門慶在那屋裡聽見不言語心中又氣一面卸了濃粧春梅與他搭了鋪上床就睡了到次日西門慶衙門中去了婦人把秋菊教他頂着大塊柱石跪在院子裡跪的

他梳了頭。教春梅扯了他褲子。拏大板子要打他。那春梅道好
乾淨的奴才。教我扯褲子。倒沒的污濁了我的手。走到前邊。旋
叫了画童兒小廝。扯去秋菊底衣。婦人打着他罵道賊奴才淫
婦。你從幾時就恁大來。別人興你。我却不興你。姐姐你知我見
的。將就膿着些兒罷了。平白撐着頭兒逞什麼强。姐姐你休要
倚着。我到明日洗着兩個眼兒看着你哩。一面罵着又打。打了
大罵。打的秋菊。殺猪也似叫。李瓶兒那邊纔起來。正看着妳子
官哥兒。打發睡着了。又諕醒了。明明白白。聽見金蓮這邊打丫
鬟罵的言語兒妨頭。聞一聲兒不言語。諕的只把官哥兒耳朶
握着。一面使綉春去。對你五娘說。休打秋菊罷。哥兒纔吃了些
妳。睡着了。金蓮聽了。越發打的秋菊狠了。罵道賊奴才。你身上

打着一萬把刀子。這等叫饒。我是恁性兒。你越叫我越打。莫不爲你拉斷了路行人。人家打丫頭。也來看着你。好姐姐。對漢子說。把我别變了罷。李瓶兒這邊分明聽見指罵的是他。把兩隻手氣的冷。忍氣吞聲。敢怒而不敢言。早辰茶水也沒吃。摟着官哥兒。在炕上就睡着了。等到西門慶衙門中回家。入房來看官哥兒。見李瓶兒哭的眼紅紅的。睡在炕上。問道你怎的這咱還不梳頭收拾。上房請你說話。你怎揉的眼恁紅紅的。李瓶兒也不題金蓮那邊指罵之事。只說我心中不自在。西門慶告說。喬親家那裡。送你的生日禮來了。一疋尺頭。兩罈南酒。一盤壽桃。一盤壽麵。四樣嗄飯。又是哥兒近節的兩盤元宵。四盤蜜食。四盤細菓。兩掛珠子吊灯。兩座羊皮屏風燈。兩疋大紅官段。一頂青段攢的金八吉祥帽兒。兩雙男鞋。六雙女鞋。咱家倒還沒往他那裡去。他又早與咱孩兒近節來了。如今上房的請你計較去。只他那裡使了個孔嫂兒。和喬通押了禮來。大妗子先來了。說明日喬親家毋不得來。直到後日纔來。他家有一門子做皇親的喬五太太。聽見和咱門做親。好不喜歡。到十五日。也要來走走。咱少不得補個帖兒請去。李瓶兒聽了。方慢慢起來梳頭。走到後邊。拜了大妗子。孔嫂兒。正在月娘房裡待茶。禮物都擺明間內。都看了一面打發回盒起身。與了孔嫂兒喬通。每人兩方手帕五錢銀子。寫了回帖。又差人補請帖。送與喬太太去了。正是但將鍾鼓悅和愛。好把犬羊爲國羞。有詩爲証

西門獨富太驕矜　襁褓孩童結做親

不獨資財如糞土　也應嗟歎後來人

畢竟未知後來如何且聽下回分解

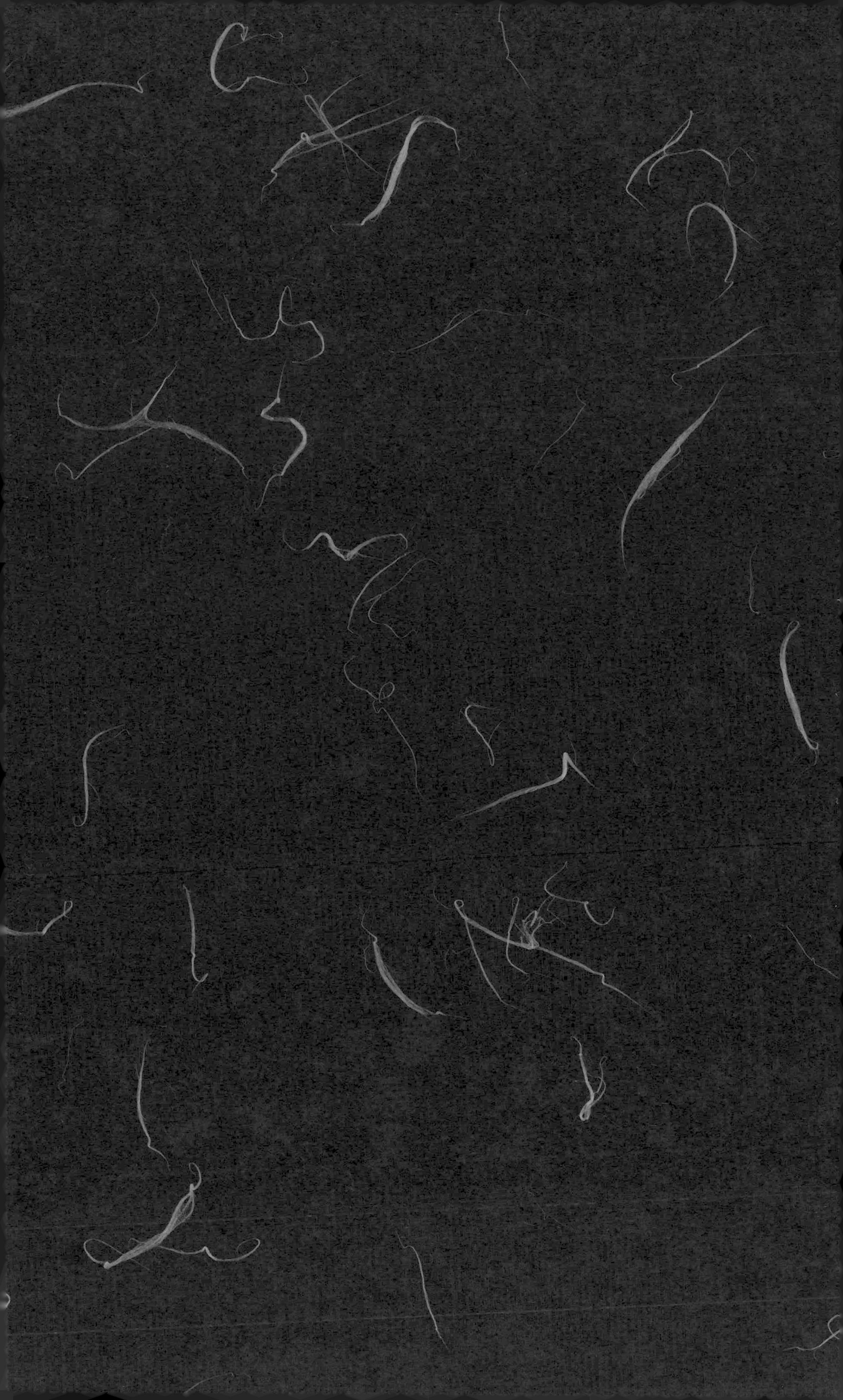

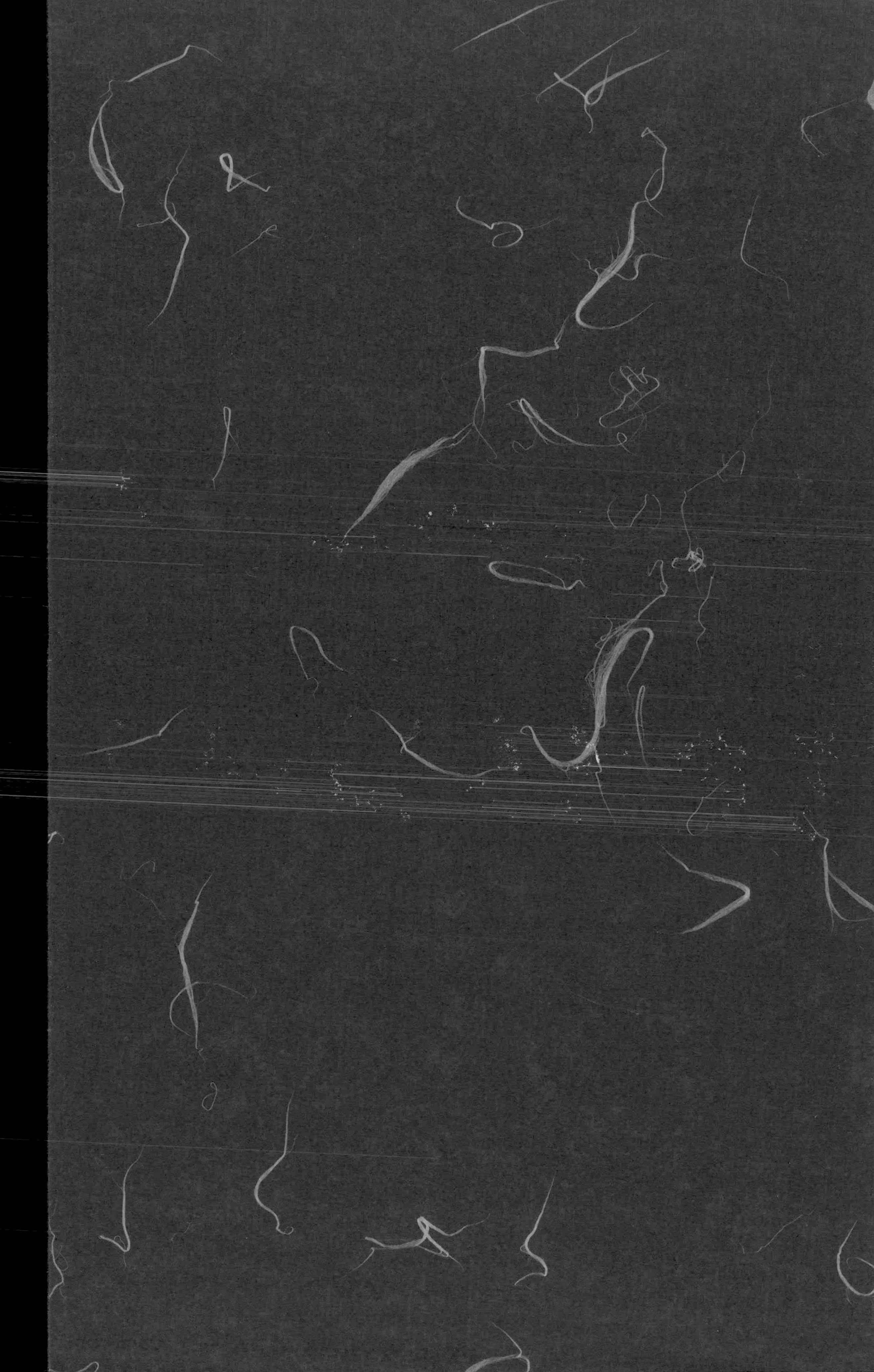